ALLMEN ET LE DERNIER DES WEYNFELDT

DU MÊME AUTEUR

Melody, Phébus, 2022.
Éléphant, Christian Bourgois, 2017.
Montecristo, Christian Bourgois, 2015.
Allmen et la disparition de Maria, Christian Bourgois, 2015.
Allmen et les dahlias, Christian Bourgois, 2014.
Le Temps, le temps, Christian Bourgois, 2013.
Allmen et le diamant rose, Christian Bourgois, 2012.
Allmen et les libellules, Christian Bourgois, 2011.
Le Cuisinier, Christian Bourgois, 2010.
Le Dernier des Weynfeldt, Christian Bourgois, 2008.
Business Class, Christian Bourgois, 2008.
Le Diable de Milan, Christian Bourgois, 2006.
Lila, Lila, Christian Bourgois, 2004.
Un ami parfait, Christian Bourgois, 2002.
Je n'ai rien oublié. Small World, Christian Bourgois, 1998.

La chanson « Slow Dance » dont un extrait est cité dans ces pages est signée Ana Popović et a paru en 2018 sur l'album *Like It On Top* chez ArtisteXclusive.

La chanson « The Masquerade is Over », dont on cite également un passage, a paru pour la première fois en 1938 ; elle est signée Allie Wrubel et Herb Magidson.

www.editionsphebus.fr

Publié sous le titre original *Allmen und Herr Weynfeldt*
par Diogenes en 2024.

Cet ouvrage a été publié avec l'aimable collaboration
de Diogenes Verlag AG, Zürich et La Nouvelle Agence, Paris.

ISBN : 978-2-7529-1468-2

MARTIN SUTER

ALLMEN ET LE DERNIER DES WEYNFELDT

Traduit de l'allemand (Suisse) par
OLIVIER MANNONI

PHÉBUS

Pour Margrith et Toni

PREMIÈRE PARTIE

1

Ils étaient déjà presque arrivés au *Viennois* lorsque Allmen demanda à M. Arnold de faire demi-tour. Avec le flegme propre aux chauffeurs de maître, celui-ci effectua une manœuvre experte avec la longue Cadillac Fleetwood 1978 et repartit en direction de la villa Schwarzacker.

Une journée grise, sans pluie mais maussade, avait glissé en silence vers une soirée sombre. Après un petit-déjeuner tardif, Allmen avait joué un peu de Schubert et, lorsqu'il en avait eu assez, il était allé s'allonger pour une courte sieste. Quand il s'était réveillé, la nuit était déjà tombée et cela sentait les *frijoles*, les haricots noirs, un plat qu'au Guatemala les gens simples mangent quotidiennement avec des tortillas de maïs.

En général, ces *frijoles* signifiaient que Carlos et María voulaient l'alerter sur l'état des finances.

Allmen avait avalé son repas sans faire de commentaire avant de demander à Carlos d'appeler M. Arnold. Carlos s'était exécuté en exprimant un désaccord à peine voilé.

Allmen était déjà troublé en sortant de chez lui. Il avait longuement hésité entre un imperméable et un chapeau ou un parapluie, pour finalement trancher en faveur de la seconde option. Souhaitant mettre une note de couleur au gris de cette journée, il avait choisi un trois-pièces bleu empire au lieu du costume anthracite préparé par Carlos. Une cravate en crêpe de soie couleur miel ornée d'un motif chinois raffiné complétait le tout.

Laissant derrière eux les villas et les imposantes bâtisses abritant les appartements de la grande bourgeoisie, ils dépassaient déjà les premiers immeubles de bureaux. Allmen ne savait toujours pas pourquoi il se sentait aussi mal à l'aise.

C'est seulement lorsque le lac apparut au loin qu'il se décida à utiliser l'un des miroirs installés à l'arrière de la limousine.

C'était la cravate. Elle n'allait avec rien. Ni avec son costume, ni avec le temps, ni avec son visage, ni avec son humeur.

Carlos ne sembla pas surpris de voir revenir son *patrón* aussi rapidement. Rien ne le surprenait. Et quand c'était le cas, il ne laissait de toute façon rien paraître.

– Cravate, lâcha simplement Allmen.

Carlos se rendit aussitôt dans le grand dressing de la petite chambre à coucher et revint avec un assortiment de cravates sur le bras. Il attendit qu'Allmen ôte la jaune miel.

– Si je puis me permettre une remarque, Don John.

– Bien entendu.

– Elle aurait été parfaite avec le costume anthracite.

Allmen se vengea en ignorant délibérément la cravate brun châtaigne proposée par Carlos pour lui préférer une autre, carotte, avant de finalement se décider pour une rouge brique ornée de petits motifs dorés.

– Un bon choix, Don John, dit Carlos.

Allmen préféra ignorer son ton ironique.

Vingt bonnes minutes plus tard, M. Arnold l'arrêta enfin devant le *Viennois*. À travers la vitrine, Allmen constata qu'une vive animation régnait à l'intérieur. Plus qu'à l'accoutumée.

Il avança lentement jusqu'à la porte. Un écriteau y était accroché : *Soirée privée*.

Une soirée privée au *Viennois* ? C'était une première.

À l'entrée se tenait un homme en costume noir, aux cheveux très courts, qui le salua aimablement.

– Votre nom ? demanda-t-il.

– Allmen.

L'homme parcourut une liste de la pointe de son stylo.

– Allmen, Allmen.

– Sinon, regardez à V. *Von* Allmen.

L'homme passa à la deuxième page.

– Vous avez une invitation ? s'enquit-il assez froidement.

Alors qu'Allmen s'apprêtait à répondre « Je n'ai pas besoin d'invitation, je suis un habitué », Gianfranco vola à son secours.

– Votre table est prise, hélas, *Signor*, mais je vais bien entendu vous en trouver une autre.

Allmen voulut passer devant le portier sans lui accorder un regard supplémentaire. Mais l'homme le retint avec une telle poigne qu'il renonça à lui opposer la moindre résistance.

– En quel honneur, cette fête, Gianfranco ?

– Une invitation de Spotlight, la chaîne de magasins.

– Ah, un *event*. Dans ce cas, mieux vaut que je m'en aille. Je ne fréquente pas les *events*.

Gianfranco l'accompagna jusqu'à la sortie.

– *Bella cravatta, Signor*, lui chuchota-t-il avant de rentrer dans le café.

2

La ville était silencieuse, comme si l'obscurité avait poussé les habitants à rentrer chez eux. De temps en temps, une voiture franchissait le pont. Dans les trams, on apercevait de rares passagers assis à bonne distance les uns des autres.

Arrivé au bout du pont, Allmen tourna à droite et longea le fleuve noir. Deux cygnes dormaient sur la rive, la tête glissée sous l'aile comme sous une couette en plume.

Une femme accompagnée d'un petit chien marchait vers lui. Elle s'immobilisa soudain, prit l'animal dans ses bras et attendit. Une fois à sa hauteur, Allmen lança un « Bonsoir ! » sonore. Elle ne lui répondit pas mais le pinscher nain, lui, émit un bref glapissement.

De la musique douce montait de *La Rivière*. Une suave voix féminine chantait « The Man I Love » accompagnée par un piano et une basse.

Allmen ne fréquentait que rarement ce lieu. C'était pourtant un bar à cocktails bien agréable avec un bon équilibre de lumière et d'ombre, et des barmen discrets vêtus de smokings couleur œuf. Il se sentit aussitôt enveloppé par une aimable chaleur.

Je devrais peut-être songer à étendre un peu mon territoire, songea-t-il.

Il enleva son manteau et s'assit au bar sur un tabouret tendu de cuir rouge. Puis il commanda une margarita et écouta les dernières notes de « The Man I Love ».

L'interprète, en robe de cocktail noire, lui sourit comme si la chanson s'adressait à lui.

Un couple, dans une alcôve, semblait seul au monde. Deux hommes, installés sur des sièges un peu plus loin, étaient concentrés sur leur tablette.

Tout au bout du bar, face à un verre de Martini, un autre homme au costume impeccablement coupé était perdu dans ses pensées, tantôt sérieuses, tantôt gaies.

Allmen goûta sa margarita. Elle était bonne. Économe en Cointreau, un rapport tequila-limette équilibré, et pas trop de sel sur le bord du verre.

– Que boivent les musiciens ? demanda-t-il au barman après en avoir commandé une deuxième.

– La chanteuse, du champagne. Le piano et la basse, Jack Daniels.

– S'il vous plaît, dit Allmen avec un geste discret en direction du groupe.

– Ils demandent ce qui vous ferait plaisir, demanda le barman en revenant peu après.

– « Slow Dance ».

Le barman transmit sa requête à la chanteuse. Elle sourit, adressa quelques mots à ses musiciens et commença :

Alright, you win
You'll get one song
One song, my friend
And when the music stops
We say goodbye
And then I'll be moving on with my life
Don't stay too close to me
Keep your hands
Where they're supposed to be
It's just a slow dance
Not a romance
You know you've got no chance
It's just a slow dance…

Elle décocha de nouveau à Allmen un sourire complice.

L'homme assis au bout du comptoir, qui avait observé la scène, lui adressa un bref hochement de tête. Puis il prit son cure-dent et alla pêcher l'olive dans le Martini qu'il n'avait pas touché.

Allmen avait l'impression de le connaître. Pas comme quelqu'un dont on a vu la photo dans un magazine people, il était trop « distingué » pour cela – comme l'aurait dit son père. C'était la raison pour laquelle Allmen avait banni ce mot de son vocabulaire. Quelqu'un de réellement « distingué » ne l'aurait jamais employé.

Non, cet homme-là avait de la classe. Une qualité rare.

Il passa de nouveau commande. Le barman prépara son drink, versa le contenu du shaker dans un verre à Martini givré, y plongea une olive percée d'une pique et le lui servit, emportant l'autre au passage. Il ne l'avait pas touché. Il s'était contenté de manger l'olive.

Allmen était impressionné. Juste l'olive. Il allait essayer de s'en souvenir.

Il plongea les lèvres dans sa margarita. L'orchestre marqua une pause et trinqua dans sa direction. Il fit de même.

Peut-être leur offrirait-il une autre tournée.

Mais cette idée en entraîna une autre : il se trouvait dans une phase de « surinvestissement ». Il était possible, et même fort probable, qu'il n'ait pas d'argent liquide sur lui. Pas même de petite monnaie. Il ne vérifiait jamais ce genre de chose. En fait, il ne pensait à prendre de l'argent que les jours où il avait du liquide et souhaitait le montrer.

C'était d'ailleurs pour cette raison qu'il veillait à n'évoluer, la plupart du temps, qu'à l'intérieur de son territoire. Là où garçons de café, maîtres d'hôtel, barmen et autres le connaissaient et l'autorisaient à laisser une ardoise. Ou, comme il appelait ça, à « temporiser ».

La Rivière n'était pas ce genre d'établissement. Son geste discret – une minuscule rotation de l'index qui signifiait « plus tard » – n'aurait pas l'effet escompté. Ici, on attendait des espèces. Ou des cartes de crédit, qu'Allmen ne possèderait jamais parce qu'il les jugeait vulgaires et dignes de mépris.

Il n'avait donc d'autre choix que de feindre d'être solvable.

Auprès de qui, c'était évident : auprès du client à l'olive. Il semblait être l'un de ses semblables.

Allmen prit sa margarita encore à moitié pleine et alla se planter à côté de lui.

– Personne ne devrait jamais être assis tout seul, disait toujours ma nounou écossaise. Vous permettez ?

L'homme haussa les épaules.

Allmen s'installa sur le tabouret voisin et brandit son verre en direction de l'inconnu, qui l'imita.

– Allmen, dit le premier en trinquant.

– Weynfeldt, répondit l'autre.

Ils portèrent leurs cocktails à leurs lèvres. Allmen but une gorgée. Weynfeldt fit comme si.

– Cette boisson me fait toujours voyager à Antigua, au Guatemala. Vous êtes déjà allé là-bas ?

Weynfeldt acquiesça.

– La dernière ville construite par les conquistadors espagnols qui soit encore intégralement conservée, reprit Allmen. J'aime également retrouver la nature immédiatement à ses portes. Comme chez nous autrefois.

Weynfeldt hocha de nouveau la tête et sourit sans prononcer un mot.

Tiens donc, se dit Allmen. *Un taiseux*. Il savait évaluer rapidement ses interlocuteurs et s'adapter à leurs manières. Aussi il se tut, prit une gorgée de margarita, ferma les yeux et se laissa transporter à Antigua.

Il ne s'était pas trompé sur M. Weynfeldt : cet homme était trop bien élevé pour ne pas savoir que c'était à lui, à présent, de briser le silence.

– Je séjournais volontiers au Panza Verde. Très joli.

– Et les repas ! Remarquables ! ajouta Allmen. Cela dit, je reste fidèle à la Posada Don Rodrigo. Vous savez pourquoi ?

M. Weynfeldt fit non de la tête.

– À cause du bar. Ou plus exactement à cause du barman, Esteban. Et, bien entendu, de ses margaritas. *Salud*.

Il leva son verre et le vida.

M. Weynfeldt leva aussi le sien. Allmen vit du coin de l'œil qu'il se contentait d'y tremper les lèvres.

– Les perroquets me dérangeaient, dit alors Weynfeldt.

– Les deux aras du patio ? Trop bruyants ?

– Non, ils me faisaient de la peine. Des oiseaux d'un mètre d'envergure, enchaînés à un trapèze comme des bibelots.

– Vous aimez les oiseaux ?

– Pas vous ?

– Là où je vis, il y en a beaucoup.

– Vous vivez à la campagne ?

Allmen pointa le doigt en direction de la colline aux villas.

– Non, là-haut. Dans une grande propriété. Vous aussi ?

– Non, un appartement en ville.

Weynfeldt saisit du bout des doigts le cure-dent et mangea son olive.

D'un geste, Allmen appela le barman.

– La même chose ? demanda celui-ci.

– Pas pour moi.

Il interrogea du regard Weynfeldt, qui déclina aussi.

– Alors l'addition, je vous prie.

Allmen attendait que survienne une petite querelle galante sur qui aurait le privilège de payer. Il envisageait d'en sortir perdant, sans avoir opposé une très grande résistance.

Mais M. Weynfeldt se contenta d'un remerciement discret.

Allmen fut donc contraint de se livrer à son numéro de la vaine recherche d'argent liquide. Il le maîtrisait désormais en virtuose : le geste assuré vers la poche de poitrine gauche, la nonchalance en retirant sa main vide avant de plonger l'autre dans la poche droite. La légère contrariété quand celle-ci en ressortait bredouille à son tour. Rien d'exagéré, et tout ça sans perdre le fil de la conversation.

Après avoir aussi fouillé, sans plus de succès, les poches de son pantalon, il agita très légèrement la tête.

– Carlos, Carlos, murmura-t-il.

– Je vous demande pardon ? dit M. Weynfeldt.

– C'est mon majordome. Il commet parfois cette erreur en rangeant mon vestiaire. Un accident de poche. Vous connaissez certainement ça aussi.

M. Weynfeldt ne s'engagea pas sur ce terrain.

Le barman apporta la note.

– Je crains que vous ne deviez me faire crédit, je suis bêtement sorti de chez moi sans prendre d'argent.

– Nous acceptons toutes les cartes bancaires.

– Vous oui, moi pas, répondit Allmen. Je n'en possède pas et je m'en tiendrai à cela.

– Vous aussi, vous détestez ces choses en plastique ? ajouta-t-il à l'intention de M. Weynfeldt.

– Oui, mais hélas elles sont très pratiques. Je peux vous venir en aide ?

Sans attendre sa réponse, il saisit l'addition, y jeta un coup d'œil, plongea la main dans sa poche et paya – en liquide.

Allmen ne commit pas l'erreur de le remercier avec enthousiasme. Il laissa faire, avec le naturel d'un riche parmi les riches.

3

María et Carlos se trouvaient dans la mansarde qui leur servait de séjour. Assise dans l'un des deux fauteuils, elle se vernissait les ongles.

Carlos aimait cette odeur. Porter du vernis à ongles rouge était, selon lui, très déplacé pour une *chacha* – une femme de chambre, comme on les appelait au pays. Mais c'était là son opinion de majordome. En tant qu'amant, il en était complètement fou.

Installé à son petit bureau, devant l'ordinateur, il cherchait sur Google des renseignements sur l'homme dont Don John lui avait parlé. Adrian Weynfeldt était l'unique descendant d'une vieille dynastie d'hommes d'affaires.

– Donc il a de l'argent, fit remarquer María avec son franc-parler habituel. Je veux dire, il en a vraiment. Il ne se contente pas de faire comme si, comme certains…

– C'est toujours difficile à dire. La maison de négoce ne lui appartient plus. Il doit travailler. Dans une salle des ventes.

María glissa une main sous la lampe à UV.

– Peut-être qu'il travaille pour ne pas s'ennuyer, suggéra-t-elle.

– Tu t'ennuierais, toi, si tu étais riche ?

Elle n'eut pas longtemps à réfléchir.

– Non. Mais toi, si.

Carlos poursuivit ses recherches.

– En tout cas, il a *l'air* d'être riche.

– Montre. J'ai l'œil pour ça.

Carlos tourna l'écran vers María.

– Il l'est, confirma-t-elle.

– Qu'est-ce qui te fait dire ça ?

Elle prit le temps de répondre.

– Je ne sais pas. Je le vois, c'est tout. Toi, par exemple, j'ai vu tout de suite que tu ne l'étais pas, ajouta-t-elle en éclatant de rire.

– À l'époque. Je le suis un peu, maintenant.

– Et ça se voit…

Comme Carlos hochait la tête avec un brin de fierté, elle ajouta :

– … que tu ne l'es qu'un tout petit peu.

La lampe émit un *bip* et María passa à son autre main.

4

Après sa rencontre avec l'élégant inconnu, Adrian Weynfeldt, d'humeur mélancolique, avait parcouru en flânant les quelques centaines de mètres qui le séparaient de son appartement. Il n'y avait quasiment pas de circulation et un halo maussade entourait les réverbères. Il eut à peine le temps de sortir son badge devant la porte de service de la banque qu'elle se déverrouilla toute seule avec un discret bourdonnement. Il n'était pas encore minuit. L'homme de la sécurité, devant ses écrans, l'avait reconnu et avait appuyé sur le bouton.

Weynfeldt le remercia d'un signe de la main via la caméra de surveillance. Dans l'un des salons, il s'assit sur un fauteuil Moser en cuir vert olive. Il avait pris à la cuisine un verre d'eau minérale avec un glaçon et un peu de jus de citron frais. Mme Hauser lui en laissait au réfrigérateur dans une petite verseuse en porcelaine. Pour parler franchement – et il n'avait guère l'habitude de le faire, même à lui-même –, il se sentait un peu… un peu seul, ces derniers temps.

Il l'avait certes toujours été, sauf à l'époque de Lorena. Et il l'était de nouveau depuis deux ans, depuis leur séparation. Certes, ils avaient plutôt appelé ça « prendre leurs distances ». C'était « une nouvelle forme de coexistence », pour reprendre l'expression de Lorena. Mais la vérité sans fard, c'est qu'ils n'étaient plus ensemble. Tout en restant « en bons termes », comme on dit.

Weynfeldt balaya la pièce du regard. Les meubles de designers des années 1930 aux années 1960, la collection de tableaux expressionnistes, cubistes et futuristes… Le gigantesque appartement portait sa patte, et la sienne seule. Ce que Lorena lui avait reproché quand leur couple avait commencé à battre de l'aile.

Elle avait raison, il était forcé de l'admettre. D'autant que lorsque, le cœur lourd, il avait fait débarrasser une chambre pour la jeune femme, elle l'avait réaménagée en commettant une grossière rupture de style. Mais il s'était bien gardé de le lui dire. Il savait par expérience comment réagissaient les gens quand on critiquait leurs goûts. Lui-même avait dû essuyer pas mal de remarques au sujet de Lorena. Ses proches ne l'avaient pas épargné.

Il se resservit de l'eau gazeuse et du citron et pêcha avec la pince en argent deux glaçons, qu'il fit tomber dedans.

Il aurait peut-être dû donner sa carte de visite à l'homme de *La Rivière*. Comme il l'avait fait parfois, par le passé. Il semblait amusant et cultivé. Sans compter qu'à l'exception du vieux Remo Kalt, le fondé de pouvoir de ses parents désormais à son service, il était maintenant le seul à avoir un tailleur digne de ce nom.

Il but une gorgée, reposa son verre et alla prendre une bouteille de vodka dans le bar. Il s'en versa suffisamment pour que la vodka prenne le pas sur le reste.

Comment devient-on un buveur solitaire ?

Weynfeldt prit ensuite sur le buffet jaune Bauhaus l'un des blocs-notes, souvenirs d'hôtels, qui y étaient posés. Il en choisit un de la *Villa d'Este*, sur le lac de Côme. Il y écrivit un mot à l'intention de son assistante.

Véronique : se procurer le contact d'Allmen.

5

Quand Carlos prenait un peu d'élan avant d'entamer son geste, c'était qu'on approchait de l'ultime polissage. Cette phase faisait à Allmen l'effet du final d'une valse de Strauss. Il attendit le dernier accord, se préparant à changer de pied : il s'agissait de poser la chaussure déjà cirée sur le tapis tout en levant rapidement l'autre jusque sur l'étroit repose-pied de la caisse à cirer.

Ils aimaient tous les deux ce rituel. Allmen trônait sur son fauteuil préféré, Carlos était agenouillé devant lui. Les rôles paraissaient clairement répartis : en haut le porteur de chaussures, en bas celui qui les cirait. Mais celui qu'on pensait soumis ordonnait, et le maître supposé obéissait. Peut-être était-ce précisément pour cela que cette occasion donnait souvent lieu à leurs discussions les plus franches.

– Ce *señor* Weynfeldt…, commença Carlos.

Allmen fut un instant tenté d'ouvrir le livre qui reposait sur sa cuisse droite. Il lui servait d'échappatoire quand Carlos abordait un sujet qui le mettait mal à l'aise. Mais Weynfeldt n'était pas de ceux-là.

– Eh bien ? demanda Allmen.

– Il est manifestement très, très riche.

Carlos se leva, plongea la main dans la poche ventrale du tablier qu'il portait pour cirer les chaussures et en sortit un morceau de papier qu'il déplia. C'était une photo peu avantageuse d'Adrian Weynfeldt debout à côté d'un chevalet supportant un tableau qui représentait une femme nue agenouillée devant un feu de cheminée. La légende annonçait : *Vente aux enchères chez Murphy's.* Femme nue devant une salamandre *de Félix Vallotton a changé hier de propriétaire moyennant le prix sensationnel de 4,1 millions. À côté du tableau, sur la photo : l'expert en art suisse de la salle des ventes.*

– J'ai tapé son nom sur Google. Il a hérité une fortune de ses parents.

– Je sais. Du vieil argent.

La main d'Allmen s'approcha du livre. La conversation prenait une tournure qu'il préférait éviter.

Mais il était trop tard.

– Le vieil argent, ça ne se perd pas comme ça, dit Carlos, songeur, en tapotant brièvement le bout de la chaussure d'Allmen, qui changea de pied.

– Quand on en a vraiment beaucoup, c'est difficile, en effet.

– Mais jamais impossible.

Carlos chuchotait lui aussi, à présent.

Allmen reprit ostensiblement la lecture de son livre.

– S'il s'agissait d'une allusion à ma situation financière, je n'ai rien entendu.

– *Muy bien,* Don John, dit Carlos, conscient d'avoir gagné.

Et, de fait, Allmen se crut obligé d'ajouter :

– N'allez pas croire, Carlos, que j'ignore que vous faites allusion à mes embarras momentanés.

Ils s'étaient mis d'accord pour éviter le mot « dettes ».

« Les gens comme nous n'ont pas de dettes, avait coutume de dire Allmen, les gens comme nous ont des embarras. »

– Les deux sont liés à l'argent, Don John, avait un jour osé objecter Carlos.

– L'argent ? avait répliqué Allmen, moqueur. Qu'est-ce que c'est ?

– Le plus important, hélas, avait hardiment répondu Carlos.

– Uniquement pour ceux qui n'en ont pas, avait nonchalamment répondu Allmen. Pour les autres, il n'a aucune espèce d'importance.

Voyant que Carlos ne répondait rien, Allmen avait complété :

– Et je fais partie des autres.

Comme le silence de Carlos continuait d'une certaine façon à le contredire, Allmen avait développé :

– Pour ceux qui ont vécu cela une fois, c'est vrai à tout jamais. Quelle que soit la situation financière dans laquelle ils peuvent se trouver par la suite.

Allmen avait conclu ce sermon avec sa phrase standard :

– On ne mesure pas la richesse à l'argent qu'on possède, mais à celui qu'on dépense.

Mais pour l'heure, la situation financière du maître commençait à peser aussi sur celle de son domestique. C'est pourquoi ce jour-là, en assenant les derniers grands coups de brosse à reluire, Carlos conclut la conversation :

– Je voulais juste laisser entendre que vous devriez peut-être favoriser les relations pour qui l'argent n'a aucune espèce d'importance, surtout parce qu'ils en ont beaucoup.

6

– C'est un investissement, *mi amor*, répéta Carlos, pas une bêtise.

Il venait tout juste de rentrer et portait encore sa combinaison de travail verte. Il la mettait pour s'occuper du jardinage pour le compte de la société fiduciaire qui possédait la villa. Ce n'était certes qu'un emploi à temps partiel, mais il était sûr. Contrairement à celui qu'il occupait chez Allmen International Investigations.

María ne lui avait même pas laissé le temps de se changer. Assise devant son ordinateur portable, les yeux rivés sur les lignes de comptabilité, elle ne cessait de secouer la tête.

– La différence entre un investissement et une bêtise est parfois égale à zéro.

Il s'agissait de 650 francs, la toute dernière ligne dans la colonne de sortie. À côté était écrit : *Don John – Sr. Weynfeldt.*

– Tu aurais aussi bien pu mettre : *Par la fenêtre.* Tu sais que tu ne reverras jamais cet argent.

Carlos ouvrit sa fermeture Éclair et haussa les épaules.

– Si j'ai tellement d'argent à la banque que je peux me permettre d'en prêter à mon *patrón*, je le dois tout de même à Allmen International Investigations.

– À ton sens de l'épargne, surtout.

– C'est vrai, *mi amor.* Et c'est précisément la raison pour laquelle j'ai investi ces 650 francs. Pour ne plus être le seul à qui il emprunte.

Carlos ôta sa combinaison et María décida qu'il y avait mieux à faire que se disputer.

7

Allmen se fit conduire à *La Rivière* par M. Arnold. Maintenant qu'il disposait de nouveau de quelques billets que Carlos lui avait laissés pour qu'il puisse consolider sa crédibilité, il avait pu lui en glisser un en guise de pourboire.

Allmen n'en connaissait pas le montant, il ne regardait jamais les billets d'aussi près. Il espérait juste ne pas avoir été chiche.

Il ne vit pas Weynfeldt, mais il était encore tôt. Allmen s'assit sur un tabouret, commanda une margarita au barman et « Slow Dance » au trio. La chanteuse, qui l'avait reconnu, lui adressa un signe de la main comme à une vieille relation. Elle portait de nouveau une robe longue, argentée cette fois.

Allmen en était à sa troisième margarita et à son quatrième vœu musical, et Weynfeldt ne s'était toujours pas montré. Peu importait. La musique était bonne, les margaritas aussi, les gens étaient beaux et ceux qui ne l'étaient pas le devenaient par la magie d'un éclairage bien tamisé.

Que Weynfeldt arrive ou pas avait de moins en moins d'importance.

Mais lorsque la musique joua le dernier *goodnight blues*, il ne restait plus, sinon lui, qu'un homme et une femme qui, arrivés séparément, paraissaient résolument décidés à ressortir en couple.

Allmen avait assez souvent fait partie des derniers clients pour avoir appris à déchiffrer les signes au moyen desquels le personnel faisait comprendre qu'il était temps.

Il en perçut quelques-uns. Un coup de torchon de trop sur le marbre du bar. Un « Tout va bien pour vous ? » lancé en passant. Le bruit des cubes de glace qu'on versait dans l'évier avec l'eau d'un seau à champagne. Il était temps de lever la main pour demander l'addition.

Allmen plongea la main dans sa poche et y trouva les billets avec lesquels Carlos avait comblé son petit déficit de liquidités.

Pendant un très bref instant, il fut tenté de les compter avant de faire signe au barman. Avec la pingrerie notoire de Carlos, peut-être cet argent ne suffirait-il pas tout à fait. Allmen n'avait pas seulement laissé à M. Arnold un pourboire d'un montant inconnu. Pendant une brève halte, il avait aussi acheté une revue à un vendeur de rue, et avait comme toujours renoncé à demander sa monnaie.

Mais, après une brève hésitation, il décida de ne pas compter. Sans être un habitué, il était suffisamment familier d'un homme qui pouvait être considéré comme parfaitement solvable. Il verrait ce que le destin lui réserverait.

Il fit signe au barman au moment où la porte s'ouvrait, laissant entrer… Weynfeldt.

Le serveur et le barman échangèrent un regard résigné, puis ne laissèrent plus rien paraître.

Allmen tressaillit. Entre gentlemen, ne pas avoir d'argent sur soi était acceptable. Mais en avoir trop peu était inadmissible. Allmen rangea ses billets et sourit à Weynfeldt qui se dirigeait vers lui en souriant lui aussi.

– J'espérais un peu pouvoir prendre ma revanche sur la dernière fois ! s'exclama Allmen. Un Martini comme *nightcap* ?

– Volontiers.

– Si c'est d'accord pour vous, Sven, dit Weynfeldt au barman.

– Pour vous, toujours, monsieur Weynfeldt.

Johann Friedrich von Allmen et Adrian Weynfeldt restèrent à *La Rivière* jusqu'à 1 h 30. Chacun but encore quelques verres de son cocktail, ils parlèrent de la peinture sur panneau du début et du milieu du XXe siècle. En insistant sur le Bauhaus et le rôle qu'y avait joué la Suisse.

Weynfeldt se révéla être un grand connaisseur, et Allmen, à la surprise ravie de Weynfeldt, un interlocuteur à son niveau. Avec l'aide de Carlos, il avait préparé certains sujets.

Weynfeldt qui, exceptionnellement, ne s'était pas contenté de savourer les olives de ses Martini, proposa de but en blanc :

– Allons donc prendre un dernier verre chez moi, Sven et Roberto n'en peuvent plus.

Il désigna les deux hommes qui comptaient les minutes, assis sur des tabourets à l'autre bout du grand comptoir.

– Cette fois, c'est pour moi, dit Allmen à Sven, qui s'apprêtait à remettre la note à Weynfeldt.

Il plongea nonchalamment la main dans sa poche, en sortit les billets, les observa un bref instant avec une once de répugnance et lui tendit.

– Ça va comme ça.

Ce fut un peu gênant lorsque Sven se mit à compter les billets. Et encore plus lorsqu'il finit par dire :

– C'est même exactement cela.

Allmen était un homme à pourboires. Il connaissait la magie de ce geste qui suffit à transformer un service rémunéré en quelque chose de tout différent. Un geste qui crée un lien de complicité en murmurant à l'oreille de l'autre : « Nous savons tous les deux à quel point tu es sous-estimé. Mais personne d'autre, ici, ne semble le comprendre. »

8

La porte était aussi insignifiante que l'entrée des fournisseurs de n'importe quel grand magasin. Le bâtiment datait de la fin du XIXe siècle. L'entrée principale, vingt mètres plus loin, avait manifestement été rajoutée après coup. Elle était pompeuse, parce qu'une banque se doit de donner à sa clientèle l'illusion de la richesse et donc de la fiabilité. Allmen était bien d'accord avec cette stratégie.

Weynfeldt actionna l'ouverture avec un badge, et ils entrèrent dans un petit vestibule pourvu d'une porte vitrée qui portait le logo élancé de la banque.

Le même badge fit coulisser la porte sans bruit, et ouvrit la cabine de l'ascenseur. Deux des trois boutons portaient le logo de la banque, le dernier les initiales A.W.

Le silence gêné qui règne en général dans les ascenseurs s'installa pendant leur lente montée jusqu'au troisième étage. Allmen le rompit :

– Si j'étais un réceptionniste accompagnant un nouveau client à sa chambre, je demanderais « Vous avez fait bon voyage ? » ou peut-être « C'est la première fois que vous venez à Kuala Lumpur ? ».

Weynfeldt rit un peu trop fort et sembla heureux quand l'ascenseur s'ouvrit sur un vestibule pourvu d'une haute porte de bois poli munie de ferrures en laiton et d'une sonnette sous laquelle étaient de nouveau gravées les lettres A.W.

Weynfeldt déverrouilla, ouvrit la porte, alluma la lumière et laissa Allmen entrer dans un couloir d'une largeur dispendieuse, sur un parquet massif à chevrons un peu usé aux points de passage. Aux murs étaient suspendus des tableaux, chacun soigneusement éclairé par un spot ; leur long alignement se perdait à gauche et à droite dans le couloir.

Allmen marcha droit sur deux portraits à l'huile.

– Burnand, cet artiste tellement sous-coté.

– Vous connaissez David Arnold Burnand ? demanda Weynfeldt, surpris.

– Un admirable portraitiste. Et pas seulement un paysager, contrairement à ce que croient beaucoup.

– Ce sont mes parents, en 1971. Burnand avait déjà quelque chose comme 85 ans à l'époque.

Et il ajouta, l'air songeur :

– Et ma mère plus de 40 déjà.

– Une belle femme.

Weynfeldt ne répondit pas.

– D'abord l'art ou d'abord le dernier verre ? demanda Weynfeldt.

– L'art d'abord, toujours.

L'appartement occupait tout l'étage. Et comme des œuvres d'art étaient accrochées dans chaque pièce, et que Weynfeldt avait quelque chose à dire sur la plupart, ce fut une visite très détaillée. Allmen livra aussi un commentaire sur certains meubles, ce qui incita Weynfeldt à lui demander s'il collectionnait le mobilier du milieu du XXe.

– J'en possède quelques spécimens, mais mon centre de gravité, c'est l'Art déco.

– C'est très beau aussi, confirma Weynfeldt. Parfois un peu trop imposant pour moi.

Allmen ne put répondre, car les traits de Weynfeldt affichèrent soudain une expression d'effroi.

– Quelque chose ne va pas ? lui demanda-t-il.

Ils étaient arrivés dans une pièce sobrement aménagée avec des meubles rectilignes en bouleau style Bauhaus. Aux murs étaient accrochées des œuvres cubistes et constructivistes.

Weynfeldt désigna une ombre vivement éclairée sur le mur.

– Ici, vous devriez voir accroché *Baigneuses au ballon 4*.

– De Picasso ? Je croyais qu'il n'en avait peint que trois.

– Une erreur largement répandue, répondit Weynfeldt d'une voix blanche.

9

María et Carlos s'étaient jadis promis de ne jamais rien se cacher. « Puisqu'on travaille déjà pour un *patrón* cachottier… », avait-elle ajouté. Carlos, pourtant peu habitué à cette sincérité inconditionnelle, avait accepté. Comme chaque fois que María souhaitait quelque chose.

Même s'il n'en avait guère envie, il n'avait donc pas d'autre choix, aujourd'hui, que de partager avec elle l'information qu'il venait d'apprendre. L'unique marge de manœuvre dont il disposait était le moment. Et selon lui, celui-ci n'était pas encore venu.

Par souci d'économie, il prépara des *tamales*, de la viande hachée épicée recouverte de pâte de farine de maïs, le tout emballé dans de la feuille de bananier. María tenait la recette d'une Colombienne qui travaillait chez un fleuriste du coin.

Allmen déshabilla habilement les *tamales* et les mangea avec un enthousiasme courtois. Puis il demanda à Carlos d'appeler M. Arnold afin que celui-ci le conduise dans le quartier où on voulait bien lui faire crédit.

Pendant que María débarrassait, Carlos se chargea du *turndown-service* dans la chambre d'Allmen. Il s'agissait de retirer le dessus-de-lit, de former un triangle sur le côté supérieur droit de la couverture, de disposer un pyjama propre sur l'oreiller préalablement bien regonflé, les pantoufles à côté du lit et une carafe d'eau sur la table de chevet.

Puis il s'occupa de la serre-bibliothèque dans laquelle le *patrón* passait la plupart de son temps. Il referma le demi-queue, rangea la partition, glissa un marque-page dans le roman laissé ouvert sur le fauteuil de lecture, tapota les coussins du divan et éteignit la lumière.

Quand il monta enfin dans leur mansarde, María était déjà couchée. Adossée à la tête de lit, elle ne lisait pas, n'était pas sur son portable. Elle le regardait avec impatience.

– Alors ?

– Alors quoi ?

– Je vois bien que tu as quelque chose à me raconter. Dis-le donc.

Carlos s'assit au bord du lit et raconta l'histoire du Picasso disparu.

– Il ne pouvait rien nous arriver de mieux ! s'exclama María.

– C'est aussi ce que je me suis dit.

– Alors quoi ? Quel est le problème ?

– Il n'a pas parlé d'Allmen International Investigations...

– *No me digas !*

Carlos haussa les épaules, lui aussi un peu désemparé.

– *Cielos !* Mais pourquoi ?

– Il a dit que ce n'était pas le bon moment.

– Ah ça, y a-t-il meilleur moment pour proposer ses services d'expert en recherche d'œuvres d'art disparues que celui où on découvre la disparition d'une œuvre d'art ? Le *patrón* est vraiment un cas désespéré.

Carlos haussa de nouveau les épaules.

– Mais tu vas le faire, n'est-ce pas ?

– Quoi ?

– Tu vas faire un petit quelque chose pour lui, non ?

– Que veux-tu que je fasse, c'est mon *patrón*...

– Non, dans cette histoire, c'est ton associé avant d'être ton *patrón*.

Carlos posa une main apaisante sur celle de sa compagne.

– Ç'aurait été déplacé de faire quoi que ce soit.

María se frappa théâtralement le front.

– *Madre mía*, c'est *lui* qui dit ça, pas toi. Et tu ne l'as pas contredit, évidemment.

– Si.

– Comment ?

– Avec les yeux.

10

Le petit Picasso était une toile très singulière. Elle n'apparaissait dans aucun index de l'œuvre, et les experts qui l'avaient examinée pour le compte de marchands d'art inquiets la considéraient tous comme l'œuvre d'un imitateur. Un faussaire d'époque, certes. Les analyses du matériel et des peintures étaient formelles. Mais l'œuvre n'était pas du grand maître.

Le petit tableau, avec ses nymphes abstraites qui jouaient au ballon, avait hanté le marché de l'art pendant quelques années avant de disparaître sans que nul n'ait jamais déclaré sa perte.

Quand il était étudiant en histoire de l'art, Adrian avait découvert le tableau dans un catalogue de vente aux enchères et avait aussitôt été fasciné. Il avait mené quelques recherches et appris que malgré deux sessions de ventes, cette œuvre douteuse était restée sans acheteur. Après quelques années, le tableau repassait sous un autre marteau de commissaire-priseur. Toujours en vain.

À cette vente aux enchères là non plus, personne n'avait fait d'offre. Weynfeldt avait donc attendu quelques semaines puis avait acheté le tableau à l'entrepôt au tarif de mise à prix. Il disposait déjà d'un compte bien garni, à l'époque.

Il avait acheté le tableau parce qu'à ses yeux c'était une œuvre d'art, pas une curiosité. Quelques années plus tard, il avait appris que c'était peut-être un cadeau de Picasso à l'une de ses maîtresses. C'était la quatrième pièce d'une série de trois tableaux, qu'il lui aurait offerte en échange de son silence – il ne voulait pas que son galeriste l'apprenne.

Cette anecdote était l'une des innombrables histoires tissées autour de la vie de Pablo Picasso. Et le mystère régnait toujours : à quelle série avait bien pu appartenir cette quatrième toile ? Weynfeldt était persuadé qu'il s'agissait des *Baigneuses au ballon*.

11

María était dans la bibliothèque, où elle attendait patiemment qu'Allmen fasse sonner le dernier accord d'une sonate de Schubert.

– Un certain M. Weynfeldt a appelé, lui dit-elle enfin. Je lui ai répondu comme d'habitude.

Allmen ne fit pas de commentaire. Comme d'habitude, cela signifiait : « M. von Allmen est en réunion. Il vous rappellera dès que possible. »

Il le rappela. Weynfeldt souhaitait un rendez-vous pour motif professionnel. Au plus vite.

« Vous voyez bien, lança Allmen à Carlos après sa conversation téléphonique. Comme quoi ! »

Quand Carlos raconta à María que le *patrón* partait pour un rendez-vous urgent « pour motif professionnel » avec ce M. Weynfeldt, elle exigea qu'il admette qu'ils avaient eu raison.

– Maintenant, c'est Weynfeldt qui attend quelque chose de Don John. Et plus l'inverse, daigna-t-il admettre modestement.

Comme María le fixait froidement, il ajouta à contrecœur :

– Tu avais raison.

12

Allmen retourna donc chez Weynfeldt plus vite que prévu, mais cette fois c'était pour affaires.

Une toute petite femme âgée aux cheveux blancs comme neige lui ouvrit et lui annonça, après l'avoir examiné de haut en bas :

– M. Weynfeldt vous attend.

Elle le précéda jusque dans une pièce avec une baie vitrée montant jusqu'au plafond. Le bureau de Weynfeldt.

Elle le pria de s'installer dans l'un des fauteuils.

À peine avait-elle refermé la porte derrière elle qu'Adrian Weynfeldt entrait par une autre. Allmen se leva et ils échangèrent des salutations un peu plus formelles que leur au revoir précédent.

– Vous avez eu des nouvelles des trois baigneuses ? commença Allmen avec légèreté.

– J'ai eu vent de votre activité professionnelle, répondit Weynfeldt d'un ton bien moins enjoué.

– C'est plutôt un hobby. Je ne me considère pas à proprement parler comme un professionnel.

– Mais cet épisode relève tout de même bien de votre domaine, d'une manière ou d'une autre ?

Allmen hésita un bref instant.

– La disparition d'une œuvre d'art est en soi, pardonnez-moi l'expression, plutôt banale. C'est comme pour n'importe quelle affaire criminelle : ce sont les circonstances qui la rendent intéressante.

– Alors cette affaire-là est intéressante, dit Weynfeldt.

Puis il raconta par le menu l'histoire des *Baigneuses au ballon 4*.

– Et c'est pour cette raison que je ne veux pas faire intervenir la police, conclut-il. Je ne peux pas prouver que c'est un Picasso. Mais si c'est une copie, la police ne se déplacera pas.

Allmen, songeur, hocha la tête.

Le silence fut brisé par un grondement de tonnerre suivi du crépitement furieux des gouttes de pluie que le vent projetait contre la baie vitrée. Aucun des deux hommes ne réagit à cette tourmente. Comme s'ils étaient sous les tropiques à la saison des pluies et que c'était parfaitement habituel.

– Cela vous paraît assez intéressant ? demanda Weynfeldt.

Allmen hocha la tête.

– Pour résumer : vous voulez que je retrouve quelque chose dont vous préférez qu'on ne sache pas que vous l'avez perdu.

– C'est parfaitement résumé.

Le tonnerre retentit de nouveau. La pluie formait à présent des petits torrents sur la baie vitrée.

– Quelle taille fait la toile ?

– Un peu plus grand qu'une feuille A4. Plus le cadre.

– Elle rentrerait donc dans un cabas ou quelque chose de ce genre.

– Sans problème.

– Un visiteur quelconque pourrait l'avoir emportée.

– Exactement.

– Vous recevez beaucoup de visites ?

– En général, non.

Allmen attendit la suite.

– Mais j'ai invité quelques amis avant mon départ pour Gleneagles Village… reprit Weynfeldt.

– Vous jouez au golf ?

– Mes parents y jouaient. Ils s'y retrouvaient chaque été avec quelques amis pour une semaine de golf. Je prolonge la tradition.

– Donc vous jouez aussi ?

– Très mal.

– Cela plaide en votre faveur.

– Vous jouez également ?

– Comme vous, d'une telle façon que ça plaide en ma faveur.

La pièce fut soudain inondée de lumière et Weynfeldt fronça les sourcils.

– Le système s'allume automatiquement quand il fait sombre. Il ne fait pas la différence entre un orage et le crépuscule. Et je n'ai aucune idée de la manière dont on débranche ce système.

Allmen sourit.

– Cela aussi plaide en votre faveur. Vous donniez donc une petite réception, dit-il pour revenir au cœur du sujet.

– Je n'appellerais pas ça une réception.

– Mais c'est plus joli que de dire « vous aviez lancé des invitations ». Et c'est aussi un peu plus juste. On peut être invité mais ne pas venir.

– C'était juste mon petit cercle d'amis, dix ou douze personnes.

Allmen avait sorti son mince bloc-notes relié en cuir.

– Aucun d'entre eux ne peut être suspecté, dit Weynfeldt d'un ton qui frôlait l'indignation.

– Bien sûr que non. Je voulais juste noter la date.

– Le 3 juin, un samedi. Je suis parti le dimanche. Je vais toujours à Gleneagles la deuxième semaine de juin. Mais comme je vous le disais, mes amis sont au-delà de tout soupçon.

– Entre la restauration, les fleurs, le vestiaire, les musiciens, il se passe toujours beaucoup de choses pendant une réception. Il y a des allées et venues.

– C'était une petite réception. Mais si vous voulez savoir qui est entré ou sorti, il vaut mieux que vous voyiez directement avec Mme Hauser. C'est elle qui gère ces questions.

Allmen referma son bloc-notes et le glissa dans la poche de sa veste.

– Eh bien, demandons-lui. Pouvez-vous la sonner, je vous prie ?

Weynfeldt se leva.

– Ah, fit Allmen avec un geste d'excuse. Vous n'avez pas de sonnette.

– J'en ai une. Mais il me semble plus courtois d'aller chercher Mme Hauser.

Il sortit et Allmen resta assis, seul et déconfit. Tout bien réfléchi, sonner un domestique faisait peut-être un peu « nouveau riche ».

Quand Weynfeldt revint en compagnie de Mme Hauser, Allmen se leva vivement et attendit qu'elle s'asseye.

– M. von Allmen est spécialisé dans la recherche d'œuvres d'art disparues. Je l'ai chargé de nous aider. De manière confidentielle. Il a quelques questions.

– Comme vous le savez, commença le détective, *Baigneuses au ballon* a disparu.

– Depuis trois minutes.

– Pas exactement, fit Allmen.

– M. Weynfeldt vient tout juste de me le dire, rétorqua Mme Hauser.

– Vous ne l'aviez pas remarqué ?

– J'entre très rarement dans cette chambre d'amis, répliqua-t-elle, sur la défensive. Elle est inutilisée depuis des années.

– Mais votre assistante, dit Weynfeldt, je ne me rappelle plus son nom…

– Guadalupe. Elle s'est certainement rendue quelques fois dans cette chambre, mais elle vient d'arriver. Quand vous êtes nouvelle, vous ne remarquez pas l'absence d'un tableau.

– Naturellement, dit Weynfeldt.

Les assistantes de Mme Hauser étaient toujours nouvelles. Aucune ne tenait longtemps.

– Il serait déjà très utile de savoir depuis quand le tableau a disparu, objecta Allmen. Mme Guadalupe est là ?

– Oui.

– Vous pouvez l'appeler ?

– Si vous voulez.

Elle sortit de la pièce et revint avec une jeune femme intimidée.

– Je vous présente Guadalupe Lopez. Elle vient du Pérou.

Allmen se leva et Weynfeldt l'imita, ce qui lui valut un regard moqueur de Mme Hauser.

– Asseyez-vous, je vous prie, l'invita Weynfeldt. Mme Hauser vous a-t-elle dit de quoi il s'agit ?

– Oui, du tableau qui manque.

– Exact. Vous savez depuis quand ? demanda Allmen.

– Je ne le sais pas précisément, mais certainement depuis quelques jours.

– Avant la soirée, il y était encore ?

– Oui, répondit la jeune Péruvienne d'une voix ferme.

– Vous en êtes sûre ?

– Oui.

– Comment en êtes-vous aussi sûre ?

– Parce que je l'y ai vu ce soir-là.

– Et ensuite ?

– Il n'était plus là.

– Le lendemain ?

– Oui.

– Pourquoi ne l'avez-vous pas signalé ? intervint Mme Hauser.

– Je ne savais pas qu'il était censé encore y être.

Allmen la remercia pour son aide. Comme Guadalupe restait assise, se demandant quoi faire, Mme Hauser lui ordonna de sortir et ils restèrent tous les trois à regarder dans le vide.

– Le lendemain du dîner, il y avait tellement de choses à faire que je ne crois pas qu'elle ait eu l'occasion d'aller jeter un coup d'œil dans la chambre d'amis, dit Mme Hauser, rompant le silence. Je peux tout de même dire à M. von Allmen, en toute certitude, à quel moment le tableau était encore là. Je l'ai vu quand l'électricien est venu travailler dans la chambre. C'était le 1er juin.

Elle interrogea Adrian Weynfeldt du regard. Il hésita un instant avant de répondre :

– Guadalupe a raison. J'y suis allé quelques heures avant l'arrivée des invités.

– Ah oui ? fit Mme Hauser, surprise. Pour quoi faire ?

– À cause des *Baigneuses*, répondit Weynfeldt d'un ton un peu piqué. C'est un beau tableau.

– Avec une belle histoire, compléta Allmen.

– Avec une très belle histoire, confirma Weynfeldt, l'air mélancolique.

Allmen se rappela son métier. Il écrivit quelque chose dans son bloc-notes.

– Le tableau a donc disparu entre le 3 et le 18, établit-il sans soulever de protestation.

Il ajouta, comme si c'était une découverte criminologique :

– Cela fait une fenêtre de quinze jours.

Mme Hauser et Weynfeldt semblaient attendre quelque chose.

– Jour clé : la réception, lança donc Allmen.

– Sachant que mes invités peuvent d'emblée être exclus de la liste des coupables potentiels…

– Ce que, dans notre métier, nous évitons par principe, objecta Allmen d'un ton professionnel.

Mme Hauser prit alors la parole. Un peu d'impatience transparaissait dans sa voix.

– Si j'étais vous, je commencerais par demander à la banque. Ils filment tous ceux qui entrent et sortent.

– Ce sera notre première démarche, bien sûr, confirma Allmen avec un air entendu.

– Mais oui ! acquiesça Weynfeldt en se frappant le front du plat de la main. Les caméras de surveillance ! Comment n'y ai-je pas pensé plus tôt ?

13

Allmen et Weynfeldt étaient assis l'un à côté de l'autre à une grande table de réunion dotée de huit chaises. Une jeune femme en tailleur business bleu marine leur avait apporté un expresso et une petite tablette de chocolat emballée dans un papier portant le logo de la banque.

De longs paysages appartenant à la fondation d'art de la banque couvraient deux murs et, aux quatre coins de la pièce, des lampadaires à taille d'homme diffusaient une lumière douce. Au milieu de la table blanche étaient disposées des bouteilles d'eau minérale, quatre avec bulles, quatre sans. Même les poignées des décapsuleurs portaient le logo.

On les fit attendre pendant les cinq minutes usuelles puis M. Schwartz et M. Senn entrèrent dans la salle de réunion.

Weynfeldt et Allmen firent mine de se lever, mais les deux messieurs arrêtèrent courtoisement leur mouvement. Adrian Weynfeldt les connaissait l'un comme l'autre.

Schwartz était depuis de longues années responsable de la sécurité de la banque, Senn était son bras droit. Le plus souvent, il les voyait de manière virtuelle, quand ils lui ouvraient la porte avant qu'il ait le temps de sortir son badge ou quand ils le saluaient par l'interphone.

Mais il s'agissait cette fois d'une rencontre formelle, avec rendez-vous, ordre du jour et toutes les formalités.

– Comme vous le savez, commença Adrian Weynfeldt, j'ai donné une petite réception le 3 juin. Ensuite, comme chaque année, je suis parti pour l'Écosse. Depuis, je déplore l'absence d'un objet d'art auquel je tiens beaucoup. M. von Allmen, ajouta-t-il en le désignant, un spécialiste des disparitions d'œuvres d'art, a l'amabilité de m'aider dans cette affaire. Je lui donne la parole.

Allmen était à deux doigts de se lever.

– Nous – je veux dire par là Allmen International Investigations – ne pensons pas, pour le moment, à un délit. Il peut s'agir d'une méprise, ou bien d'une plaisanterie de mauvais garçons. Nous estimons que cette affaire sera facile à régler. Notamment grâce à cette heureuse disposition qu'est la surveillance vidéo. C'est la raison pour laquelle nous nous permettons de faire appel à vous.

– C'est très raisonnable, dit M. Schwartz, et M. Senn hocha la tête.

– Si je puis me permettre cette question un peu directe, reprit Allmen, avez-vous remarqué quelque chose d'inhabituel en visionnant les enregistrements ?

Il posa son bloc-notes sur la table, dévissa le bouchon de son stylo-plume et dévisagea Schwartz avec une légère impatience.

Celui-ci leva la main, comme pour présenter ses excuses.

– Nous ne visionnons pas les enregistrements de manière routinière. Uniquement quand nous avons une raison de le faire. Nous n'en avons eu aucune dans la période mentionnée, n'est-ce pas ?

M. Senn répondit d'un signe négatif de la tête.

– Mais si je puis me permettre une proposition… Nous pouvons considérer que l'incident mentionné par ces messieurs constitue une raison de ce type, et visionner cette période. Entre le 3 et le 18, avez-vous dit ?

Allmen confirma.

– Combien de temps nous faut-il, Georg ?

Senn calcula.

– Quinze fois vingt-quatre heures, cela fait trois cent soixante heures.

Et il ajouta, se tournant vers Allmen et Weynfeldt :

– Mais le système n'enregistre que s'il décèle un mouvement. Il y a eu deux week-ends sur cette période. En général, il ne s'y passe pas grand-chose. Par expérience, nous savons que nous arrivons à environ dix pour cent d'enregistrements, c'est-à-dire environ trente-six heures, soit cinq journées de huit heures pour une personne.

– Peut-être pouvons-nous mettre deux personnes sur cette affaire ? demanda M. Schwartz, prévenant.

M. Senn eut l'air dubitatif.

– Cavazzi est en vacances, Mme Grand en arrêt maladie.

Schwartz ne s'attarda pas sur sa réponse. Pleinement habité par son statut de supérieur hiérarchique, il se tourna vers Weynfeldt et Allmen :

– Deux jours, on va y arriver.

Weynfeldt dévisagea Allmen, qui haussa les épaules.

– C'est vraiment le maximum, dit-il d'un air sévère.

Plus tard, alors qu'ils étaient remontés prendre le thé au grand salon, Weynfeldt lui demanda quelle était la marche à suivre.

– Et maintenant ? Nous nous contentons d'attendre ?

– Je pourrais en profiter pour faire la connaissance de certains de vos invités.

Weynfeldt voulut protester, mais Allmen ne lui en laissa pas le temps.

– Non pas comme suspects, bien entendu. Comme témoins. Peut-être l'un d'eux aura-t-il remarqué quelque chose.

La décision sembla difficile à Weynfeldt, qui finit par dire :

– Il se trouve que je déjeune demain avec quelques-uns de mes amis à la *trattoria Agustoni*. Joignez-vous donc à nous.

14

Si sa mémoire était bonne, Allmen n'avait dîné que trois fois à la *trattoria Agustoni*. Chaque fois avec une connaissance en compagnie de laquelle ses cercles habituels ne devaient pas le voir. Et chaque fois une différente.

C'était l'un de ces restaurants dont on se demandait toujours pourquoi on n'y allait pas plus souvent.

Ils étaient convenus qu'il arriverait vingt minutes après les autres. Weynfeldt souhaitait d'abord informer ses amis de la perte d'un tableau non spécifié, et leur dire qu'un spécialiste en la matière allait se joindre à eux. À la question qui ne manquerait pas d'être posée – Allmen soupçonnait-il l'un d'eux ? –, il répondrait évidemment que non. Il espérait juste récolter un indice ou un autre.

Comme Allmen était arrivé un peu trop tôt, il demanda à M. Arnold de le déposer sur la rive du lac. C'était une belle journée d'été, avec juste assez de vent pour agiter doucement les frondaisons. Les bancs étaient occupés par des employés de bureau, des lycéens et des étudiants qui prenaient leur pause déjeuner munis de toutes sortes de mets dans des boîtes plastique, ou de saucisses achetées au grill voisin.

Une belle ville, pensa Allmen comme s'il la montrait à un étranger. Il parcourut la promenade en flânant jusqu'à l'embouchure du fleuve et, de là, remonta jusqu'à la *trattoria*.

Il y entra plus de vingt minutes plus tard. En le voyant, Adrian Weynfeldt se leva et le salua. Puis il s'adressa à la tablée.

– Permettez-moi de vous présenter M. von Allmen, dont je vous ai parlé.

– Allmen. Allmen, c'est suffisant. J'espère ne pas trop perturber cette sympathique assemblée.

Weynfeldt lui proposa une chaise à côté de lui. Il gardait toujours deux places libres pour les invités imprévus, une tradition qu'il avait reprise de ses parents.

Allmen s'assit et attendit la première question. Elle vint d'un homme assis de l'autre côté de la table. Il la posa sans quitter des yeux le stylo avec lequel il dessinait sur la nappe en papier. Il élargissait une tache de vin rouge pour y ajouter un taureau mort couché, donnant l'impression que la tache coulait de la blessure située près de la bosse de la bête.

– Pourquoi Adrian ne doit-il pas nous dire de quel tableau il s'agit ?

Allmen lui servit la réponse convenue :

– M. Weynfeldt aimerait éviter que le nom de l'œuvre qui a disparu de sa précieuse collection soit connu. À vous, il l'aurait bien entendu révélé si je ne l'en avais pas dissuadé. Plus le cercle des initiés est large, plus le risque est grand que le secret cesse d'en être un.

Le dessinateur ressemblait à un artiste tel qu'un artiste se l'imagine.

– Pour vous, nous sommes donc tous des suspects.

– En aucun cas. Mais il ne serait pas professionnel d'exclure qui que ce soit du cercle des suspects. Même parmi les amis. C'est la raison pour laquelle on fait appel à des personnes extérieures : elles ne portent pas le poids de la confiance.

Cela plut à Allmen. Et manifestement aussi à l'artiste. Il sourit même un petit peu et se présenta :

– Rolf Strasser, artiste peintre. Comme on dit gymnastique artistique et artiste pétomane. Si vous avez des questions, c'est quand vous voudrez.

Weynfeldt avait attendu Allmen pour passer commande.

– Que me conseillez-vous ? lui demanda ce dernier.

– Je prends toujours une *insalata mista* et une *scaloppine al limone* avec un risotto. Je ne sais même plus si c'est parce que j'aime ça ou par habitude.

– Alors je prendrai la même chose. Je crois que vos habitudes et vos préférences culinaires pourraient correspondre à mes goûts.

– Dans ce cas, je vous recommande aussi le Brunello di Montalcino. Et pas le Chianti maison des autres.

Il grimaça d'un air douloureux et porta une main à son front.

Pendant le repas, Allmen échangea quelques phrases avec Weynfeldt, qui ne paraissait pas très intégré à son cercle d'amis. Mais il observa surtout les convives.

Weynfeldt lui chuchota le nom de chacun et les présenta en quelques mots. À propos d'une petite femme gracieuse aux ongles vernis en noir qui approchait la soixantaine et menait une discussion animée avec Strasser, il commenta :

– Alice Waldner, sculptrice sur acier. Elle va vous plaire.

Allmen imagina cette tendre femme une masse dans la main, le visage caché par un masque de soudeur, faisant pleuvoir des étincelles qui jaillissaient d'une lumière si vive qu'elle pouvait vous rendre aveugle. Ses gestes n'étaient pas ceux d'une travailleuse de force. Plutôt d'une ballerine ou d'une patineuse artistique. Et sa voix, qui perçait parfois dans le brouhaha, était claire comme la clochette d'argent avec laquelle le petit Jésus appelait les enfants à venir chercher leurs cadeaux de Noël. Elle parlait avec enthousiasme à l'artiste peintre, qui levait à peine les yeux de son assiette ou de son dessin.

À côté d'elle se tenait une femme ronde aux traits asiatiques. Elle était suspendue aux lèvres de son voisin de table, qui parlait d'un air grave. Allmen ne l'avait pas vu debout, mais à moins qu'il ne soit assis sur un rehausseur, il devait être très grand. Il portait une veste noire et une chemise assortie, entièrement boutonnée. Ses lunettes avaient une monture de la même couleur et sa chevelure, noire elle aussi, surmontait un front haut.

– Hausmann, je fais des films.

Allmen se souvenait vaguement qu'au cours de cette soirée où ils avaient trop bu tous les deux, Weynfeldt lui avait parlé d'un cinéaste qui voulait tourner un documentaire sur l'histoire authentique de la valise pleine de manuscrits originaux perdue par Ernest Hemingway. Et de la compagne du réalisateur, une femme aux origines tibétaines qui occupait un emploi de juriste dans une banque et l'aidait à financer le projet. Depuis des années…

Après le dessert – certains choisirent le sorbet au citron, d'autres le sabayon –, Allmen constata que Weynfeldt quittait discrètement la table pour se rendre au comptoir. Il savait ce que cela signifiait, il l'avait souvent fait au temps de sa richesse et le faisait encore aujourd'hui quand il était en fonds. Puis il revint à table et reprit le cours de la discussion.

Alice Waldner fut la première à partir.

– Je voulais payer, mais cet incorrigible a récidivé, dit-elle d'une voix très audible en prenant congé de Weynfeldt.

Les autres n'eurent plus qu'à le remercier. Ceux qui restèrent – un architecte et un webdesigner – étaient si absorbés dans leur conversation qu'ils n'avaient même pas remarqué que le cercle s'était réduit.

Resta aussi une grande femme blonde, Karin Winter. Les cheveux courts, la petite quarantaine, elle était libraire d'art. Allmen eut aussitôt une foule de sujets à aborder avec elle. Soudain, elle ne paraissait plus aussi pressée de partir.

C'est seulement lorsque le webdesigner eut terminé son colloque avec l'architecte que Karin prit congé.

– À bientôt, j'espère, dit-elle. Il n'est pas si fréquent que je rencontre des gens avec qui je peux parler librement de mes deux passions, les livres et les arts !

En prononçant ses mots, elle jeta un coup d'œil éloquent sur l'homme qu'elle appelait Luc.

Quand Weynfeldt et Allmen furent seuls, un serveur vint débarrasser et découpa avec de grands ciseaux les dessins que Strasser avait faits sur la nappe en papier.

– Le propriétaire, M. Agustoni, est persuadé que cette collection vaudra un jour une fortune.

Allmen sourit.

– Ce n'est pas impossible.

– Quand il est question d'art, rien n'est impossible, confirma Weynfeldt. Vous avez un autre rendez-vous ? Ou nous pouvons faire quelques pas ensemble le long du fleuve ?

Les quais étaient moins peuplés, à présent. Une main dans la poche de leur pantalon, les deux gentlemen flânaient tranquillement parmi les rares passants. Ils croisèrent quelques oisifs, deux ou trois mères avec des enfants en bas âge, une poignée de personnes âgées et quelques élèves qui séchaient les cours et profitaient de cet après-midi de début d'été. Deux petits nuages dans le ciel d'un bleu profond s'élevaient vers l'infini, et un vent timide propulsait de temps en temps au-dessus de l'eau le souvenir de journées moins resplendissantes.

– Nous n'avons pas encore abordé la question des honoraires, dit Weynfeldt.

– Allons, oubliez cela. Vous m'avez tiré une fois d'embarras, je me réjouis de pouvoir vous rendre la pareille.

– Il n'en est pas question. Vous réglerez la note la prochaine fois à *La Rivière*, mais pour l'affaire du tableau, ce sera selon votre tarif.

– Je vous avoue ne pas tellement m'intéresser à l'aspect financier. Ce sont des choses que je délègue.

– Moi aussi. Le mieux serait donc que votre délégué prenne contact avec le mien.

– C'est une dame.

– Très bien. Qu'elle veuille bien se mettre en contact avec M. Remo Kalt, alors. C'est depuis de longues années le fondé de pouvoir de ma famille.

Weynfeldt sortit son portefeuille de sa veste et y prit une carte de visite qu'il tendit à Allmen.

L'un des cumulus se glissa devant le soleil, éteignant les ombres de cet après-midi estival.

– Mon assistante, Véronique Graf, fera parvenir aujourd'hui même à votre secrétariat tous les contacts de la tablée Agustoni. Allez-vous commencer tout de suite les premiers entretiens ? Ou préférez-vous attendre le visionnage des enregistrements ?

– Je commencerai demain. Par qui, de préférence ?

Weynfeldt réfléchit.

– Tout dépend si vous êtes du genre à attaquer tout de suite les missions difficiles.

– Pas quand je peux l'éviter.

15

– Vous êtes sûr que c'est ici, monsieur ? demanda M. Arnold.

Ils s'étaient arrêtés devant une petite usine, à côté d'une casse automobile. Les rails rouillés d'une voie ferrée passaient juste devant, d'autres entraient dans l'usine.

– Si cette chose en acier, là-bas, représente bien un numéro 62, alors nous sommes à la bonne adresse. Revenez me prendre dans une heure, voulez-vous ?

– Mieux vaut que j'attende, au cas où nous nous serions trompés.

Allmen entra dans le bâtiment par un portail coulissant entrouvert. D'un côté, il vit ce qui ressemblait à un dépôt de ferraille. De l'autre étaient disposées de grandes sculptures en acier faites de rails, de poutrelles, de jantes, de tuyaux et de chaînes. Devant un établi, un petit homme en combinaison bleue était en train d'ôter la peau blanche d'une orange épluchée. Ce travail requérait toute sa concentration. Ses doigts noircis par la fumée étaient larges et anguleux, ses ongles coupés court.

Allmen toussota, mais l'homme ne leva pas les yeux. C'est seulement quand il heurta légèrement son avant-bras musclé que l'homme sursauta.

– Je ne vous ai pas entendu. Excusez-moi, c'est l'audition. La moitié d'une vie dans l'industrie lourde, ajouta-t-il en désignant l'une de ses oreilles charnues. Vous venez voir Alice Waldner ? Elle est de l'autre côté.

Il indiqua un conteneur calé contre un mur. De la musique leur parvenait par la porte ouverte. Pas du heavy metal, comme l'aurait voulu le décor, mais de la harpe classique diffusée par un système audio remarquable.

Allmen entra dans le conteneur. Il n'y avait pas de système audio. Vêtue d'une combinaison noire, la fine et gracieuse sculptrice sur acier était assise avec une harpe gigantesque incrustée de marqueterie dont ses mains sales et menues tiraient de tendres notes.

Allmen ne se manifesta pas. Il écouta le concert de harpe les yeux mi-clos. Jusqu'à ce que la musique s'interrompe sur un faux accord.

Une voix presque enfantine cria :

– Et merde !

La harpiste hors norme remit brutalement son instrument à la verticale, comme elle aurait repoussé un admirateur importun. C'est alors qu'elle vit Allmen et émit un éclat de rire embarrassé. Son gloussement d'adolescente ne cadrait pas avec son visage, qui se creusait d'innombrables rides quand elle riait.

– Il est déjà 13 heures ? demanda-t-elle. Je n'ai pas vu passer le temps.

– Il est 14 heures, répondit Allmen. Nous avions rendez-vous à 14 heures.

– Ah, le temps. N'est-ce pas la plus épouvantable des choses épouvantables ?

– Sauf si c'est du bon temps, objecta Allmen.

– Mais dans ce cas c'est encore plus épouvantable, parce qu'il s'en va. Et ne me dites pas qu'il faut vivre dans le moment présent. J'en suis incapable. Vous pouvez, vous ?

Allmen prit le temps de réfléchir.

– Je ne sais pas si je vis dans le moment présent. Mais pour être honnête, je pense encore moins au lendemain.

Presque effrayé par cette auto-analyse un peu trop réaliste, il nuança.

– Cela dit, dans mon travail, la planification joue naturellement un rôle important.

– Ce qui vous permet de glisser habilement vers le véritable but de votre visite. Je n'arrête pas de me demander de quel tableau il s'agit. Ne me le dites pas ! J'ai droit à cinq essais et je vais lire sur votre visage quel est le bon.

Elle énuméra quelques tableaux de la collection de Weynfeldt. Le quatrième était le Picasso.

– Tiens, c'est donc celui-là.

Allmen haussa les épaules.

– Si, si. Les *Baigneuses au ballon 4*.

Elle parlait avec le même ton enthousiaste qu'à la *trattoria*. Weynfeldt ne s'était pas trompé en déclarant qu'elle lui plairait.

– Quand Adrian dit que ça ne peut être aucun d'entre nous, ce n'est pas vrai, évidemment. Ce pourrait être n'importe lequel d'entre nous. Ils ont tous besoin d'argent. Et personne n'hésite à exploiter Adrian. Je suis la seule exception. Je n'ai pas besoin d'argent. Mais… j'aime Picasso. Même les faux. Après tout, lui-même n'arrêtait pas de faire ses propres faux.

Elle fit retentir son rire de clochette.

– Vous savez pourquoi ça ne me surprend pas que ce soit le Picasso ? Il ne ferait pas tant d'histoires pour un autre. Mais ce tableau, il l'aime. Déjà, il l'a accroché dans un endroit tellement discret. Dans la seule chambre d'amis jamais utilisée.

Alice Waldner leva vers Allmen un regard inquisiteur.

– C'est celui-là, le Picasso entre guillemets. *Baigneuses au ballon 4*. N'est-ce pas ?

– Vous jouez magnifiquement de la harpe. Si tendrement, et avec ces mains habituées à faire des choses tellement difficiles.

– À part la fausse note.

– Vous voulez parler de ce surprenant accord final ?

Nouveau rire argenté.

– Vous savez pourquoi j'ai crié « Et merde » ? Parce que je savais que vous écoutiez. J'ai juste fait comme si je ne vous avais pas remarqué.

– Dans ce cas, c'était ma faute. Pardonnez-moi.

Elle balaya ses excuses d'un revers de main.

– Ce n'est pas grave. Les détectives ne peuvent pas s'empêcher d'arriver sur la pointe des pieds.

– Je ne suis pas détective.

Il était un peu piqué.

– Je suis plutôt un artiste, comme vous. *The Art of Tracing Art.*

– Même le faux ?

– Oh, vous savez, dit Allmen, heureux qu'on aborde l'un de ses sujets préférés, faux, authentique, original ou copie, « la propriété intellectuelle »... La propriété aussi, d'ailleurs, c'est toute une histoire.

Alice Waldner l'observait avec amusement.

– Une thèse un peu osée, quand on fait votre métier.

– Ce n'est pas mon métier, c'est une petite passion.

– Un métier aussi, ça peut être une passion. Le mien, par exemple. Mais je vous en prie, asseyez-vous.

Elle désigna un siège de bureau usé à côté du tabouret sur lequel elle était installée.

– Alors, qu'est-ce que vous voulez savoir ?

Allmen chercha ses mots, un peu gêné.

Comme si elle avait deviné la raison de son embarras, elle ordonna :

– Interrogez-moi !

Il eut un rire forcé.

– Je veux seulement vous demander si vous avez remarqué ce soir-là quelque chose d'inhabituel.

– D'inhabituel ? Ce soir-là, Kando a quitté des yeux son grand cinéaste, Claudio, pendant à peu près trois secondes. Kaspar Casutt était rasé. Karin et Luc... Non, rien d'inhabituel, ils se sont disputés un peu pendant un petit moment et se sont réconciliés un peu pendant un petit moment. Rolf Strasser est arrivé à jeun. Enfin, seulement un peu éméché. Mais il s'est vite rattrapé. Mereth Widler et Remo Kalt étaient là, eux aussi. Et Lorena, oui, la Lorena, le problème d'Adrian, a flirté avec lui comme s'ils venaient de se rencontrer. Ça vous aide ?

Allmen, son bloc-notes ouvert sur son genou droit, prenait des notes qui ne voulaient rien dire et qu'il ne pourrait de toute façon pas relire.

Sa question le surprit.

– Je ne sais pas, répondit-il.

Mais il se reprit et improvisa :

– C'est comme dans un puzzle. Les pièces ne représentent rien en elles-mêmes. C'est seulement une fois réunies qu'elles prennent une signification.

– Je comprends. Je suis désolée de ne pas pouvoir vous faciliter la tâche. Mais je n'ai vu personne qui se soit faufilé hors de l'appartement avec un paquet peu maniable.

Allmen eut un sourire oblique.

– Dommage.

– Mais quelqu'un d'autre aura peut-être vu quelque chose. En tout cas, je vous souhaite bonne chance.

Son ton indiquait qu'elle considérait que la conversation était terminée.

Allmen se leva donc pour prendre congé. Elle l'examina de la tête aux pieds et le salua.

– Vous allez bien avec Adrian, commenta-t-elle.

– Merci, répondit Allmen.

16

M. Arnold fit monter les roues droites de la voiture sur le trottoir afin de laisser de la place pour la circulation entre la Cadillac et les rails du tram.

Quand Allmen actionna la sonnette du 46 située sous le logo *filmefilme*, une voix demanda dans l'interphone :

– Allmen ?

– Exactement.

Dans l'ascenseur, l'étiquette *filmefilme* était apposée à côté du bouton du haut. Claudio Hausmann l'attendait dans le couloir et Allmen remarqua aussitôt l'odeur. Hausmann sentait le curry.

C'est une femme, bien des années auparavant, qui lui avait appris à supporter ainsi l'odeur de la transpiration. « Imagine simplement que c'est du curry », lui avait-elle conseillé. Effectivement, les deux parfums étaient proches. Et il aimait bien le curry.

Le cinéaste odorant lui tendit une main moite et lui fit franchir la porte ouverte qui donnait dans son studio.

Le local avait manifestement subi une rénovation en profondeur, bien loin du style de ce bâtiment commercial dont Allmen estima qu'il devait remonter aux années 1940. Le sol était intégralement recouvert de parquet à l'anglaise en larges lames de chêne, les murs crépis de tadelakt brillant, les meubles rectilignes, l'éclairage indirect. La pièce était tapissée d'affiches de films en noir et blanc.

Traversant la réception et deux salles comportant chacune deux postes de travail déserts, le maître des lieux le guida jusqu'à son bureau. Sur toutes les surfaces, sur le bureau, sur les caissons et au sol s'empilaient des papiers, des revues et des flyers.

On n'avait sans doute pas aéré les lieux depuis longtemps et il y flottait une odeur de cigarettes et... de curry.

Hausmann dégagea deux des quatre sièges Le Corbusier pour qu'ils puissent s'asseoir.

– Vous pouvez fouiller partout, déclara-t-il en écartant les bras.

Allmen balaya la pièce du regard et le cinéaste eut un petit sourire.

– Et vous pouvez en profiter pour ranger un peu...

– Un peu de désordre attise la créativité, dit Allmen en écartant l'idée d'un geste de la main.

Il désigna une photo encadrée d'Ernest Hemingway dans sa jeunesse.

– Comment va sa valise ? M. Weynfeldt m'a parlé de votre projet. Je m'en réjouis.

– Je serais heureux qu'il en soit de même pour les investisseurs, répondit Hausmann d'un ton résigné. Mais vous n'êtes pas venu pour ça. Qu'aimeriez-vous savoir ?

– Je suppose que vous n'avez rien remarqué d'extraordinaire, ce soir-là.

Hausmann alluma une cigarette et tira dessus d'un air un peu dégoûté.

– Toute cette soirée était extraordinaire. Nous étions tous déjà allés chez Adrian de temps en temps, c'est vrai. Mais jamais tous ensemble. C'était très inhabituel. Et tout le monde se comportait comme on le fait dans une situation inhabituelle. Certains étaient un peu guindés, d'autres exagérément détendus. Chez *Agustoni*, ça n'a rien à voir. Tout le monde s'y retrouve et Adrian est du lot. Mais ce soir-là, on rendait visite à Adrian chez lui, et il y avait aussi des gens que nous ne connaissions pas. Le fondé de pouvoir centenaire d'Adrian, avec ses conversations tarabiscotées. Ou encore la vieille veuve de son médecin de famille avec ses histoires paillardes. Et puis Lorena, naturellement, qui comme d'habitude accaparait Adrian. Si vous voulez tout savoir, ce n'était pas une soirée réussie. D'ailleurs elle n'a pas duré longtemps. On a juste attendu jusqu'à ce que ça ne soit pas trop impoli de partir. Certains ont même filé à l'anglaise.

– Qui ?

Hausmann écrasa sa cigarette à moitié fumée dans le cendrier plein.

– Rolf Strasser. C'était plutôt inhabituel d'ailleurs, il est du genre à partir en dernier. Et Karin. Elle, en revanche, ça lui arrive souvent. À cause de Luc. Ils arrivent ensemble, se disputent et s'en vont séparément. Parfois c'est elle d'abord, parfois c'est lui. Ce soir-là, c'était elle.

– Vous l'avez vue partir ?

– Non. À un moment, elle n'était plus là, c'est tout. Mais je l'ai vue arriver. Il se trouve que nous sommes arrivés en même temps. Karin, Luc, Kando et moi. Quatre personnes. Une de trop pour pouvoir tous passer dans l'ascenseur. Il faut dire que le sac de Karin est encombrant.

– Elle avait un grand sac ?

– J'imagine qu'il en faut un pour porter des livres d'art. Ils sont toujours gigantesques.

17

Allmen avait prévu de rentrer chez lui après avoir vu Hausmann. Il avait envie de lire quelque chose et de jouer un peu de piano. Mais il changea d'avis au moment où ils longeaient la vieille ville. Aussi indiqua-t-il à M. Arnold l'adresse de *KuBu*, la librairie de Karin Winter.

La rue étroite où elle se situait était interdite à la circulation. M. Arnold le déposa donc au coin. Les deux vitrines ne débordaient pas de livres, comme dans les librairies ordinaires. On n'y voyait qu'un petit nombre d'ouvrages choisis autour d'un même sujet.

En entrant dans la boutique, il fut accueilli par de la musique. Leonard Cohen. Il était seul. Il entendit bientôt des pas dans l'escalier de bois, entre deux bibliothèques, et Karin Winter fit son apparition. Elle ne le reconnut pas tout de suite.

– Désolé de faire irruption comme ça, sans prévenir. J'étais dans le quartier et je me suis dit que vous auriez peut-être un instant pour moi.

La mémoire lui revint alors.

– Ah, oui. Vous êtes le chercheur d'œuvres d'art perdues d'Adrian. On me soupçonne ?

Karin Winter était une grande femme très mince. Ses cheveux blonds coupés court lui allaient bien. Elle lui tendit une main froide.

– Je ne crois pas pouvoir vous aider. Mais posez vos questions.

– Je n'en ai qu'une seule. Avez-vous remarqué quelque chose de particulier le soir de la réception ?

Elle prit le temps de réfléchir.

– Difficile à dire, je ne trouve aucun point de comparaison. Tout était particulier ce soir-là. Je n'avais encore jamais vu Adrian inviter chez lui tout son cercle d'amis, les jeunes et les vieux.

– M. Weynfeldt vit si retiré que ça ? demanda Allmen.

Karin Winter alla jusqu'à la porte d'entrée vitrée pour tourner le panonceau du côté *Sorry, we're closed.*

– Continuons cette discussion à l'étage, voulez-vous ?

Allmen la suivit dans l'escalier de bois raide et étroit. Avec ses longues jambes, elle montait les marches deux à deux.

En haut, il y avait un bureau. Deux petites fenêtres dans le style de la vieille ville, deux bureaux équipés d'un ordinateur, l'un rangé, l'autre en plein chaos.

Le bureau en ordre semblait être le sien, la veste bleue de son tailleur-pantalon était accrochée au dossier de la chaise.

– Il arrive à Luc de travailler ici. Vous avez d'ailleurs fait sa connaissance. Mais asseyez-vous, je vous en prie. Je peux vous servir un café ? Ou autre chose ? À cette heure de la journée, je m'autorise toujours un Campari soda.

– Volontiers, répondit Allmen, qui aurait préféré un bellini.

Il s'installa dans l'un des trois sièges dont on aurait juré qu'Adrian Weynfeldt avait aidé à les choisir.

Karin Winter s'éclipsa derrière l'une des deux portes, apparemment dans une kitchenette. Il entendit un réfrigérateur qui s'ouvrait et se fermait, puis un tintement de vaisselle. Peu après, elle apporta les deux boissons.

Elle but la première gorgée sans avoir trinqué, en silence, comme si elle cherchait à reprendre le fil de la conversation.

– La soirée, ou la réception, comme Adrian l'appelait, ressemblait à une tentative pour changer sa vie. Vous m'avez demandé si Adrian vivait retiré. Je ne dirais pas ça. On se voit, il va à des expositions, il sort au théâtre, au concert, à l'opéra, à des ventes aux enchères, il fait des voyages. Non, il ne vit pas retiré. Il vit *à part*. Dans cet appartement gigantesque, entre toutes ces œuvres d'art et ces meubles de designers triés sur le volet, avec la vieille Mme Hauser qu'il a héritée de sa mère. Je m'inquiète un peu à l'idée qu'il sombre dans la solitude. C'est pour cela que j'ai trouvé que son idée était bonne.

Allmen hésita puis prit un risque.

– Et malgré tout, vous avez été la première à partir ?

Elle le regarda avec surprise.

– Qui vous a raconté ça ?

Allmen haussa les épaules avec un sourire d'excuse.

– Je comprends, dit-elle. Je peux imaginer de qui il s'agit.

Ils se turent tous les deux.

– Oui, je suis partie de bonne heure.

Elle marqua une pause.

– Pour des raisons personnelles.

Allmen hocha la tête sans rien dire.

– Je me suis disputée avec Luc. Ça arrive.

Comme Allmen se contentait toujours de hocher la tête, elle demanda :

– Vous êtes en couple ?

– Non, mais je sais de quoi vous parlez.

– Ça vous est donc arrivé.

– Oui. Régulièrement.

– Et alors ?

C'est alors seulement qu'il remarqua que les yeux qui l'observaient d'un air interrogateur étaient vairons. Un vert, un bleu.

– Pas de solution non plus, n'est-ce pas ? répondit-elle pour lui après un silence.

Allmen haussa les épaules et constata qu'il avait un peu perdu le fil.

Avant qu'il ait pu le remettre sur les bons rails, Karin Winter lâcha :

– C'est le Picasso.

Allmen resta muet.

– Je le sais.

– Qu'est-ce qui vous fait penser ça ?

– C'est à cause de l'histoire du tableau. Picasso est censé l'avoir peint pour en faire un cadeau amoureux. Adrian est un grand romantique, c'est pour cela qu'il aime autant cette œuvre. Il n'aurait pas engagé un détective s'il s'était agi d'une autre.

– Il ne m'a pas engagé, précisa-t-il. Il se trouve que j'étais présent quand il a découvert le vol. Il ne savait pas que je m'occupais de ce genre de chose. Je lui rends juste un service.

Karin prit les deux verres vides sur la table basse et les emporta à la cuisine. Elle continua à lui parler de là-bas.

– Quand bien même, il n'aurait pas accepté ce service, comme vous dites, pour un autre tableau.

Elle revint avec deux Campari.

– Ce sont forcément les *Baigneuses*. Il n'avait une relation aussi sentimentale avec aucun autre tableau. À part *Femme nue devant une salamandre* de Vallotton. Mais celui-là ne lui appartient pas.

– Et pourquoi cette relation sentimentale avec celui-ci ? demanda Allmen.

– Ça, c'est une autre histoire.

18

M. Arnold l'avait attendu, et il le reconduisit à la villa. Allmen lui demanda de se tenir de nouveau à sa disposition une heure plus tard.

Il passa un costume d'été de son tailleur romain, bleu minuit, à peine doublé, sans épaulettes. La soirée était douce.

María l'attendait dans le vestibule.

– Votre signature, je vous prie, dit-elle en lui tendant un document.

Allmen signa sans y jeter le moindre regard.

– Ça n'a pas été simple, dit-elle d'un ton réprobateur.

– Je n'ai pas besoin de vous pour les choses simples, répondit-il, enjôleur.

Elle sourit brièvement et reprit d'un air grave :

– Le problème, c'était la prime en cas de succès. J'ai proposé 20 % de la valeur du tableau, comme d'habitude. Mais son assistante a dit que si c'était un faux, il ne valait rien, et des millions si c'était un vrai.

L'intérêt d'Allmen en fut tout de même un peu piqué. Moins pour l'argent que pour la manière dont María avait résolu le problème.

– Et alors ?

– J'ai dit : s'il est vrai, 20 % de sa valeur. Sinon, 20 % de ce que vaut M. Weynfeldt.

Allmen sourit.

– Excellent. À ses yeux, il vaut énormément.

– Deux millions et demi.

– Comment en êtes-vous arrivées à ce chiffre ?

– J'ai insisté pour qu'elle le lui demande. Alors elle l'a appelé.

Elle lui tendit le contrat en pointant du doigt la clause. Effectivement, on y lisait « deux millions et demi ». Allmen hocha la tête, admiratif.

– Vraiment ?

– *Sí, señor.* Je sais bien que si le tableau est authentique, on aurait pu avoir plus. Mais mieux vaut… Comment on dit, déjà ?

– Tenir que courir ?

– Voilà.

Allmen lui aurait collé un gros baiser sur le front si Carlos n'était pas revenu au même instant du jardin. Allmen se contenta donc de deux bourrades un peu pataudes sur les épaules et lui dit :

– *Muy bien. Muy, muy bien.*

Puis il se tourna vers Carlos et lui adressa son discret signe de la main.

Cela signifiait que le *patrón* voulait payer les dettes qu'il avait accumulées en « temporisant ». Une habitude à laquelle Carlos était toujours préparé quand Allmen International

Investigations venait de conclure un contrat. Le *patrón* lui demandait alors une avance que Carlos tirait de sa propre caisse en attendant que l'acompte du client arrive.

Il monta donc dans la mansarde et en revint avec une petite liasse de billets qu'Allmen empocha avec une nonchalance discrète.

– Monsieur Arnold, dit Allmen lorsque celui-ci s'arrêta devant *La Promenade*, un bar où il avait ses habitudes depuis de nombreuses années, vous me ferez passer votre note, à l'occasion ?

M. Arnold ouvrit sur-le-champ la boîte à gants et tendit une enveloppe vers l'arrière. C'était leur façon de faire. M. Arnold conservait la feuille de comptes d'Allmen dans sa boîte à gants et attendait patiemment qu'il plaise à ce dernier de s'en souvenir. Jamais il ne se serait permis de raviver sa mémoire. M. von Allmen payait toujours. Et plus généreusement que ses clients réguliers.

C'était aussi le cas cette fois-ci. Et comme toujours, M. Arnold effeuillerait les billets supplémentaires devant sa femme – qui se plaignait toujours de le voir à la disposition de « ce von Allmen » – et lui dirait : « Voilà pourquoi ! ».

Allmen avait un quart d'heure d'avance. Il souhaitait être celui qui invite. Et pour ça, mieux vaut arriver le premier.

Le vieil Eusebio le conduisit à la table numéro 9, la sienne, qu'on lui accordait même quand ses ardoises étaient un peu trop chargées et commençaient à dater.

Quelques tables étaient déjà occupées. Il y avait un couple chic avec ses grands enfants et leurs conjoints ; une longue tablée de trois générations célébrant l'anniversaire d'une très vieille femme indifférente ; trois tables avec des couples qui se rendraient ensuite à l'opéra, au concert ou au théâtre ; une soirée au champagne entre femmes ; et deux tables de deux messieurs, sans doute là pour affaires.

La plus bruyante de toutes était la table des artistes. Deux femmes peintres, un écrivain, un metteur en scène et un baryton. À les voir et à les entendre, on comprenait qu'ils étaient là depuis le déjeuner.

Le vieux serveur apporta à Allmen un sherry et un verre de vin.

– Merci, Eusebio. Si mon solde était à portée de main, sachez que je le remettrais volontiers à zéro.

À cet instant apparut Weynfeldt. Il s'assit en face d'Allmen et commanda « la même chose ».

– Qu'est-ce que c'est ? demanda-t-il en désignant le verre à côté de l'eau minérale.

– Du sherry. Le meilleur petit verre, quand on doit se limiter à un seul.

Ils commandèrent la même chose : une salade mixte puis le *Tafelspitz*, l'espèce de pot-au-feu qu'ils servaient ici avec du raifort fraîchement râpé.

– Je propose le vin ? demanda Allmen.

– Je croyais qu'on se contentait d'un verre ?

– Si l'on s'en tient à l'apéritif. Maintenant, nous en sommes au vin.

Weynfeldt rit et Allmen choisit le cabernet franc du château Halbturn.

– Un autrichien, ça va bien avec le *Tafelspitz*. Celui-ci est élevé dans le Burgenland, dans le Seewinkel plus précisément. Leur sol produit une classe mondiale absolue. Et à des prix tout à fait honnêtes, comparés aux grands noms de la concurrence internationale.

Il commanda une bouteille à un peu moins de 1 000 francs.

Adrian Weynfeldt posa sa main gauche sur la nappe amidonnée. Il portait une chevalière avec un blason gravé dans du lapis-lazuli. Allmen pensait à en ressortir une de sa collection, mais il n'eut pas le temps d'examiner le bijou plus précisément, car Weynfeldt couvrit sa main gauche de la droite et entra dans le vif du sujet.

– Comment avez-vous trouvé Alice ? demanda-t-il.

– Une harpiste enchanteresse.

Weynfeldt sourit.

– Ses sculptures d'acier ne vous ont donc pas fait plus d'effet que ça ?

– Son jeu de harpe est plus tendre, répliqua Allmen.

Eusebio présenta le vin, le fit goûter à Allmen et le décanta avec un certain cérémonial.

Quand ils eurent trinqué, Allmen raconta :

– Elle n'a rien remarqué d'extraordinaire. Il semblerait que Karin Winter ait filé à l'anglaise et de bonne heure. Mais ça n'a rien de bien extraordinaire.

– Exact. Elle et Luc arrivent le plus souvent ensemble, et repartent séparément.

– Et elle portait un grand sac.

– Là non plus, rien d'inhabituel.

– C'est aussi ce qu'a dit Hausmann. Je suis allé chez lui. Beau bureau.

Weynfeldt hocha la tête.

– C'est Casutt qui a fait cela. L'architecte dont vous avez aussi fait la connaissance.

– Je comprends.

Après un silence pensif, Weynfeldt nota :

– Dites carrément que vous soupçonnez Karin. Mais vous pouvez faire une croix sur elle tout de suite.

– Je ne la soupçonne pas. J'ai été la voir à sa librairie. Elle n'a rien observé d'extraordinaire. Si ce n'est que toute cette soirée l'a été.

Eusebio apporta les salades.

Un grand éclat de rire à la table des artistes couvrit brusquement le murmure tranquille et les tintements de porcelaine.

– C'est exact. C'était ma première réception chez moi.

Weynfeldt marqua un temps d'hésitation.

– Je souhaitais essayer quelque chose de neuf.

Il se tut. Comme s'il voulait donner à Allmen l'occasion de

poser une question. Mais Allmen resta silencieux. Chacune des interrogations qui lui venaient à l'esprit aurait pu faire passer Karin pour indélicate.

C'est finalement Weynfeldt qui reprit la parole :

– Vous connaissez certainement cela, vous aussi. Quand on se trouve dans notre situation, notre situation financière, je veux dire…

– Je vois exactement de quoi vous parlez.

– … cela instaure une certaine distance avec les amis. On dirait qu'un excès d'argent dresse un mur entre vous et les autres.

Allmen soupira.

– À qui le dites-vous ! Chaque tentative d'abolir ces barrières en en distribuant un peu à ceux à qui cela fait obstacle semble accroître la distance.

Ils levèrent leur verre de cabernet franc d'Autriche.

– Je me disais qu'une petite mondanité organisée chez moi donnerait peut-être à notre relation une touche plus intime, plus personnelle. Autrement, nous nous retrouvons toujours dans des restaurants.

Weynfeldt marqua une pause et reprit.

– C'est rarement chez moi, et quand c'est le cas, c'est toujours en tête à tête, pour affaires, vous comprenez ?

Allmen comprenait. Après la mort de son père – alors qu'il disposait encore pour quelques années d'une richesse qui s'étendait à perte de vue –, beaucoup d'amis, de connaissances et parfois aussi d'inconnus lui avaient rendu visite, et lui aussi avait souhaité réduire la distance financière les séparant. Là encore, toujours en tête à tête.

Eusebio apporta le *Tafelspitz* avec ses garnitures habituelles : pommes de terre, carottes, ail, céleri, oignons et tranches de pommes séchées. Et du raifort si fraîchement râpé qu'il lui brûla presque les yeux quand Eusebio en déposa deux cuillerées à café au bord de l'assiette.

– La boutique de Karin Winter porte la même patte que le studio de Hausmann. Casutt, là aussi ?

Weynfeldt répondit, presque un peu embarrassé :

– Il n'a plus beaucoup de commandes en ce moment. Il est pourtant bon.

Peut-être étaient-ce le sherry et le lourd vin du Burgenland qui le poussèrent à ajouter à mi-voix :

– Quoiqu'un peu complexe.

Il y avait de l'agitation à la table du couple chic avec ses enfants. L'une des jeunes femmes s'était levée et lançait d'une voix forte des mots incompréhensibles. Elle tira par la manche le jeune homme à côté d'elle. « Viens ! » ordonna-t-elle en se dirigeant vers la sortie, en faisant bruyamment claquer ses talons. Le jeune homme prit congé avec un geste d'excuses et la suivit.

La Promenade resta silencieuse un bref instant, puis les murmures, les tintements et les rires reprirent.

Allmen et Weynfeldt mangèrent leur *Tafelspitz*, vidèrent tranquillement la bouteille et parlèrent des suspects qu'on ne suspectait pas.

Ils se donnèrent rendez-vous pour le lendemain chez Weynfeldt. La banque souhaitait leur présenter à 11 heures le résultat du visionnage de la vidéo de surveillance.

Allmen se rendit au comptoir pour payer discrètement l'addition. Il aurait dû compter les billets que Carlos lui avait glissés, car cette fois encore il fut contraint de « temporiser ».

19

– Un petit instant, dit la femme à la réception avant de composer un numéro.

– Messieurs Weynfeldt et von Allmen sont là. Merci.

– On vient vous chercher tout de suite. Asseyez-vous donc un moment.

Elle désigna les fauteuils de la salle d'attente, mais Weynfeldt et Allmen restèrent debout.

Une dame d'allure sportive aux cheveux gris avec de lourdes boucles aux oreilles arriva et les salua comme s'ils étaient attendus avec impatience.

– Si vous permettez, je passe devant.

Ils avaient pensé qu'on les conduirait dans la salle technique de la sécurité, mais on les guida jusqu'à la toute dernière porte d'un long couloir. La grande pièce était meublée d'antiquités. Des chaises Stabelle inconfortables autour d'une grande table en ardoise. Une pendule de Neufchâtel, des commodes ventrues, un tapis persan, de grandes toiles paysagères à l'huile du XIXe siècle.

La dame leur proposa un café, leur demanda cinq minutes de patience et les laissa seuls.

– La salle de réunion de la direction, dit Weynfeldt. Ça n'annonce rien de bon. Je me demande parfois s'ils attendent une minute à l'extérieur quand ils sont en avance, ajouta-t-il en regardant sa montre.

La porte s'ouvrit alors sur M. Warbtaler, la main droite tendue et un large sourire aux lèvres.

– Monsieur Weynfeldt ! C'est toujours un plaisir de vous voir.

Il dirigea son sourire vers Allmen.

– Permettez-moi de vous présenter M. von Allmen, d'Allmen International Investigations. Il a l'amabilité de me conseiller sur l'embarrassant dossier de l'objet d'art disparu.

Le directeur Warbtaler serra la main d'Allmen avec enthousiasme.

– Prenez donc place, messieurs.

Ils s'assirent et la femme qui les avait fait entrer apporta du café. Trois tasses, remarqua Allmen. Elle avait donc attendu que son chef soit là. Pragmatique, mais pas très hospitalier.

Ils s'assirent et le directeur porta du bout des doigts la petite tasse à ses lèvres charnues. Il souffla plusieurs fois sur le café, comme s'il voulait le boire aussi vite que possible.

Puis il reposa la petite tasse et toussota. Toussota encore.

– M. Schwartz vous prie de l'excuser, dit-il enfin. Lui et son assistant sont indisponibles, totalement accaparés par un projet. Ne sommes-nous pas tous victimes de la technique, de nos jours ?

Voyant que ni Weynfeldt ni Allmen ne répondaient, il reprit en noyant le poisson :

– Les documents visuels en question sont… Eh bien, pour des raisons techniques qui m'échappent… je suis banquier, pas informaticien… notre équipe de spécialistes a besoin de plus de temps. Nous ne pouvons toujours pas visionner les enregistrements, dit-il avant d'ajouter d'une voix un peu plus forte : Ne craignez rien, il s'agit d'un problème provisoire. Le disque dur semble avoir rencontré une difficulté précisément sur le créneau qui vous intéresse. Ce contretemps est actuellement l'objet de nos investigations. Il existe certes un *backup* des enregistrements, mais celui-ci ne va pas être disponible tout de suite, m'a-t-on expliqué.

Pas plus Weynfeldt qu'Allmen ne possédait d'ordinateur ni d'une quelconque expérience de ces machines. C'est Allmen qui formula la seule question qui leur parut pertinente, et son talent linguistique lui fit choisir le lexique du management de niveau moyen :

– Pouvez-vous nous donner un *hint* sur l'horizon temporel ?

– *Worst case sm 26*, répondit le directeur.

Allmen et Weynfeldt le dévisagèrent sans comprendre.

– Semaine 26, *sorry*. Dans une semaine, donc.

– Ce n'est pas possible avant ? se renseigna Weynfeldt.

– Bien entendu, lui garantit Warbtaler, cet horizon temporel, c'est le *worst case*. Et ça ne survient jamais, n'est-ce pas ?

20

Allmen lisait *Pluie* de Somerset Maugham. Il avait choisi cette nouvelle parce qu'il tentait de détourner la tristesse de la pluie qui crépitait depuis des heures, monotone, sur le toit en verre de la serre-bibliothèque. Il tentait d'imaginer qu'il se trouvait sous les tropiques.

Il avait ôté ses souliers et les avait rangés à côté de la demi-douzaine d'autres paires que Carlos polissait en fredonnant son répertoire de chansons de *cantina*.

Allmen avait posé les pieds sur le tabouret qui allait avec son fauteuil de lecture. Quand il faisait cela, Carlos savait que le *patrón* ne cherchait pas de discussion pour agrémenter leur session de cirage.

Soudain, Allmen posa le livre sur sa cuisse, leva la tête et suivit du regard les petits ruisseaux que formait la pluie sur le toit de verre.

– Carlos, pourquoi quelqu'un irait chaparder un Picasso qui est ou bien falsifié, ou bien invendable ?

Carlos cessa de fredonner, mais pas de lustrer.

– Pourquoi invendable, Don John ?

– Parce qu'on ne peut pas fanfaronner avec.

– Pourquoi pas ? Picasso, c'est une marque, tout de même. Avec une Rolex, on fanfaronne aussi.

– Oui, mais elle, on ne voit pas qu'elle a été volée.

– Là d'où je viens, c'est un inconvénient. Dans certains milieux, que les choses soient volées accroît leur valeur.

Allmen se mit à rire.

– Vous voulez dire dans les milieux de la mafia de la drogue ?

– Dans le milieu des gens qui ont énormément d'argent. Ceux pour qui savoir d'où ça vient et où ça va n'a aucune importance.

Allmen reprit son livre et Carlos recommença à fredonner. Mais il s'écoula peu de temps avant qu'Allmen interrompe de nouveau sa lecture.

– Vous pensez que nous devrions chercher la toile dans le milieu des narcos ?

– *Dios*. Nous ne voulons rien avoir à faire avec eux !

– Mais avec les amis de Weynfeldt, si ?

Le téléphone sonna dans le vestibule. Les deux hommes tournèrent la tête vers la porte. Comme ils s'y attendaient, on frappa quelques secondes plus tard.

– *Pase !* cria Allmen.

María entra.

– Êtes-vous disponible pour une certaine *señora* Winter ?

Allmen se leva et passa dans le vestibule pour prendre l'appel.

– J'espère que je ne dérange pas, dit Karin Winter de sa belle voix un peu rauque.

– Non, j'étais en train de lire.

– Dans mon métier, déranger quelqu'un en pleine lecture est considéré comme un péché. Je rappellerai.

– J'ai presque terminé, je serai heureux de pouvoir faire durer le plaisir encore un peu. Comment puis-je vous être utile ?

– J'aimerais vous voir. J'ai oublié de vous dire quelque chose.

– Bien volontiers. Puis-je vous demander de quoi il s'agit ?

– Je préférerais vous le dire de vive voix. À 10 heures à ma boutique, cela vous convient ?

– Je serai ponctuel.

Il raccrocha et retourna dans la bibliothèque, où Carlos et María l'attendaient.

– Alors ? laissa échapper María, impatiente.

– Elle veut me revoir.

21

Il s'adossa au mur et ferma les yeux. C'était sa manière de faire disparaître la réalité.

Allmen avait de l'entraînement dans ce domaine. La première fois qu'il avait utilisé ce truc, c'était avec Mimi, son petit lapin gris tacheté de blanc. Un jour, son père l'avait sorti de son clapier, emporté jusqu'à la pile de bois derrière la cabane, et soulevé par la peau du derrière. Il s'était emparé d'une petite bûche et avait pris son élan pour frapper.

Allmen avait compris ce qui se passait et serré très fort les paupières.

Aussitôt avait disparu non seulement l'image qu'il venait de voir, mais aussi ce qu'elle représentait. Et elle n'avait pas seulement disparu de ses yeux, mais aussi de sa tête. Quand il avait enfin rouvert les yeux, le long morceau de viande crue, qui était suspendu à la gouttière et laissait tomber des gouttes rouges dans un récipient en émail, et la pelote de fourrure gris-blanc sur le billot n'avaient plus rien à voir avec ce qui s'était passé. Et surtout plus rien à voir avec Mimi.

À partir de ce jour-là, il avait utilisé cette technique pour masquer la prétendue réalité chaque fois que c'était possible.

Un coup de klaxon, tout proche, le força à rouvrir les yeux. Une fourgonnette noire se frayait un chemin dans la ruelle encombrée par un petit groupe de badauds.

Deux hommes en costume sombre en sortirent, prirent une civière noire à l'arrière du véhicule et l'emportèrent vers l'entrée de la librairie *KuBu*. Une femme en uniforme souleva le ruban de protection rouge et blanc pour les laisser entrer.

DEUXIÈME PARTIE

1

– Pardonnez-moi, dit Adrian Weynfeldt en essuyant ses larmes avec sa pochette blanche.

Allmen avait demandé à María de contacter M. Weynfeldt pour lui demander un rendez-vous d'urgence. Une bonne heure plus tard, il était dans son bureau chez *Murphy's*, avec vue sur le lac et les embarcadères des bateaux de tourisme.

Quand Allmen lui avait annoncé, le visage de Weynfeldt, déjà plutôt blême à l'ordinaire, était devenu d'une pâleur mortelle.

– Comment est-ce arrivé ? demanda-t-il, hébété.

– Elle est tombée dans l'escalier, je n'en sais pas plus. En tout cas, c'est ce qu'a dit la policière stagiaire qui gardait l'entrée du magasin.

– Bon sang ! s'exclama Weynfeldt. Casutt voulait faire une rambarde pour cet escalier, il est tellement raide. Mais

Karin le lui a interdit. Elle disait que l'escalier était trop étroit et qu'une rambarde la gênerait si elle devait descendre ou monter les bras pleins de livres. Quand est-ce arrivé ?

– Je ne sais pas. J'étais là pour l'ouverture, à 10 heures. La police était déjà sur place.

– Karin est toujours dans sa boutique entre 8 et 9 heures, dit Weynfeldt avant de se corriger : Était.

C'était cela, ce « était », qui lui avait fait monter les larmes aux yeux.

Assis dans le siège réservé aux visiteurs, face à Weynfeldt, Allmen se demandait quel comportement adopter. Il finit par se lever, fit le tour du bureau et lui toucha l'épaule.

Surpris, Weynfeldt leva les yeux. Il lui sourit faiblement et répéta :

– Pardonnez-moi.

Il sortit un Kleenex d'un tiroir et se moucha. Puis il remit sa pochette à sa place dans son veston et inspira deux fois profondément.

– Nous ne pouvons pas demander plus d'informations à la police, nous ne sommes pas des proches.

– Quelqu'un a dû la trouver alors que la librairie était encore fermée, dit Allmen. Quelqu'un qui pouvait entrer. Qui avait la clé.

– Carla, la femme de ménage. Mais elle ne vient pas le matin. Et Luc, naturellement.

– Luc !

Weynfeldt prit le combiné, appuya sur un bouton et dit :

– Véronique, mettez-moi en relation avec Luc Neri, s'il vous plaît.

Ils attendirent.

– Oui, Luc, j'ai appris la terrible nouvelle, je…

Pendant un long moment, Weynfeldt écouta en hochant la tête et en émettant de temps en temps un bruit exprimant sa compassion.

– M. von Allmen, dit-il en reprenant la parole. Il avait rendez-vous avec elle à 10 heures. C'est lui qui me l'a appris.

Puis il écouta de nouveau un moment en silence.

– Nous arrivons, finit-il par dire.

Sur la banquette arrière de la Fleetwood, Weynfeldt lui raconta ce qu'il avait appris de Luc Neri.

– Il est arrivé peu avant 9 heures pour apporter des « croissants de réconciliation ». Ils avaient eu, la veille, un petit…

Weynfeldt agita la main, évasif, avant de continuer :

– Elle était au pied de l'escalier, toute tordue. Il a tout de suite compris qu'elle ne pouvait qu'être morte.

Le regard d'Allmen croisa celui de M. Arnold dans le rétroviseur. Le chauffeur semblait l'interroger. Allmen confirma d'un grave hochement de tête.

– Elle est arrivée tôt à la boutique, avant 8 heures. Ça a dû se passer peu après. Maudit escalier !

M. Arnold s'arrêta devant l'immeuble de Karin Winter. Lui aussi se trouvait dans la vieille ville, non loin de la librairie. Le bâtiment datait des années 1870 et était équipé d'un ascenseur étroit qui montait par à-coups.

– Ils ne vivaient pas ensemble, mais la police voulait voir l'appartement de Karin, et il leur a ouvert, expliqua Weynfeldt.

Luc Neri avait les yeux rougis et tenait une cigarette entre deux doigts tremblants. Il s'abattit contre Weynfeldt et cacha son visage contre son épaule. Ses sanglots ne faisaient aucun bruit, mais son dos était agité de soubresauts.

Weynfeldt tenta maladroitement de le consoler jusqu'à ce que Luc se détache enfin de lui, se frotte les yeux avec sa manche et les conduise dans la cuisine en traversant un couloir tapissé d'étagères pleines de livres.

Sur la grande table en sapin se trouvait une bouteille de vin rouge à moitié vide. Weynfeldt et Allmen déclinèrent l'offre.

Les premiers mots de Luc Neri furent destinés à Allmen :

– Pourquoi aviez-vous rendez-vous ? Vous lui aviez déjà rendu visite hier.

– Elle m'a donné un coup de téléphone. Elle voulait me revoir.

– Elle n'a pas dit pourquoi ?

– Elle voulait me l'expliquer de vive voix.

– Intéressant.

Il prit le verre de vin et le vida.

– Pourquoi a-t-elle été aussi butée avec cette histoire de rambarde ? Butée, butée, butée !

Il remplit de nouveau son verre.

– Et maintenant ? demanda-t-il, désemparé. Et maintenant ?

Il but d'un trait la moitié de son verre, posa la tête sur la table et fondit de nouveau en sanglots muets.

Weynfeldt l'observait d'un regard qui n'était pas tant empreint de compassion que de dégoût.

Plus tard, dans la limousine, quand ils eurent enfin pris congé de Luc Neri, Weynfeldt dit à voix basse :

– Vous savez ce qu'il voulait dire par « Et maintenant ? » ? Et maintenant, de quoi je vais vivre, moi, le webdesigner raté ?

Il resta longtemps sans rien dire.

– Probablement d'Adrian Weynfeldt, marmonna-t-il finalement.

Weynfeldt descendit devant la banque et, avant que la porte ne se referme sur lui, il adressa un au revoir de la main à Allmen.

C'était un signe tellement triste que celui-ci se demanda s'il n'y avait pas eu plus que de l'amitié entre Adrian et Karin.

2

Allmen dîna dans son salon-salle à manger surmeublé. María avait cuisiné à la colombienne : *arroz con chivo*, du riz avec de la viande de chèvre et différents légumes, garni de bananes flambées et d'avocats. Et il but un Camins del Priorat, l'un de ses vins de table préférés.

Carlos fit le service en veste blanche avec nœud papillon, comme chaque jour. Son *patrón* était songeur et il respecta son silence.

Allmen ne sortit pas après le dîner. Il s'assit devant son demi-queue et joua un peu de musique pour piano-bar. Mais il était déconcentré et il fit plus de fausses notes qu'à l'ordinaire.

Puis il se leva, passa dans l'autre bibliothèque et se servit au petit bar un doigt de single malt. Il s'assit dans son fauteuil de lecture avec son verre et *Le Thé des trois vieilles dames* de Friedrich Glauser. Il avait lu le livre quand il était jeune homme et en gardait un souvenir vif. Confus, étrange et avec une ambiance dont vous ne sortiez plus. Il était impatient de voir quel effet il produirait sur lui ce jour-là.

Mais il ne parvenait même pas à lire. Il ne cessait de revoir les yeux vairons et pensifs de Karin.

Le tambourinement monotone de la pluie, qui s'était remise à tomber, l'accabla encore plus.

María et Carlos finissaient de ranger. Ils n'allaient pas tarder à monter. Et un silence total tomberait sur la maison, seulement troublé par la pluie sur le toit de verre.

Il sonna. Carlos mit un moment à se présenter. Allmen comprit pourquoi en constatant qu'il venait de remettre sa veste blanche à la hâte.

– *Sí*, Don John ?

– Si vous n'avez pas d'autres projets ce soir, je propose qu'Allmen International Investigations se retrouve pour un point de situation.

– *Como no*, Don John, répondit Carlos avec surprise.

– Dans ce cas, je vous attends ici dans un quart d'heure, vous et la *señora* Moreno.

Allmen passa le quart d'heure en question immobile dans son fauteuil. Il pensait à Adrian Weynfeldt. Celui-ci se sentait probablement comme Allmen – un peu seul. Avait-il aussi dans sa vie une personne qu'il pouvait appeler à l'improviste pour une réunion de dernière minute qui aurait aussi bien pu se dérouler le lendemain ?

Carlos réapparut, vêtu de l'un des anciens costumes business retouchés d'Allmen. María portait un tailleur qu'Allmen n'avait encore jamais vu et qui lui allait remarquablement. Ils n'étaient plus désormais les employés d'Allmen, mais ses associés d'Allmen International Investigations.

Pour souligner cet état de fait, Allmen dit :

– Je vous en prie, Carlos, servez-vous donc à boire. Moi, je reste au single malt.

María choisit un verre de la bouteille de Priorat entamée par Allmen, Carlos une tequila *on the rocks.*

Allmen leur avait déjà raconté la mort subite de Karin Winter.

– Vous avez pu y réfléchir ? leur demanda-t-il.

María et Carlos se consultèrent du regard. C'est María qui prit la parole.

– Carlos et moi, nous trouvons très étrange qu'elle soit morte juste après avoir voulu vous dire quelque chose d'important.

– C'était un accident. L'escalier est raide et il n'y a pas de rambarde.

Carlos et María le fixèrent sans rien dire.

– Vous croyez que quelqu'un l'a poussée dans l'escalier pour l'empêcher de me parler ? Ça ne m'était pas venu à l'esprit.

– Quand on a grandi au Guatemala ou en Colombie, c'est la première chose qui vient à l'esprit.

– Vous croyez que Karin Winter voulait me faire savoir quelque chose susceptible de nous mettre sur la trace des voleurs du Picasso ?

– Et quoi d'autre ! s'exclama María.

– Si l'enquête prouve que ce n'était pas un accident, ce serait une piste à exploiter, répondit Allmen en hochant la tête.

Les deux associés échangèrent un nouveau regard. Puis Carlos objecta :

– Si la police n'a pas de soupçons, elle ne cherchera pas plus loin. Et pour avoir des soupçons, il faut un mobile.

– Et le mobile, ce sont les *Baigneuses au ballon*, compléta Allmen.

María et Carlos hochèrent gravement la tête et posèrent sur leur *patrón* des regards pleins d'une impatience mal dissimulée.

– Nous devrions le dire à la police, estima Allmen.

Les deux autres haussèrent les épaules.

– Quelque chose s'y oppose ?

– Oui, dirent-ils d'une seule voix.

Allmen savait déjà ce que c'était, mais il n'avait aucune envie de le formuler. Il attendit donc que ses associés le fassent.

– Ça nous ferait perdre une belle somme.

– Je vais poser la question à notre client, conclut Allmen.

3

Les arbres, les buissons et les prairies étaient encore humides après les violentes pluies nocturnes, et le ciel d'un bleu vif.

Sur le chemin de terre qui séparait la lisière de la forêt du vignoble, il fallait éviter les grosses flaques, et qui voulait contempler le lac grouillant de petits navires depuis un banc devait disposer d'une bonne réserve de mouchoirs en papier pour s'asseoir au sec.

Il n'y avait pas beaucoup de monde, bien qu'on soit samedi. Cette radieuse journée d'été était arrivée par surprise.

C'était Weynfeldt qui avait proposé à Allmen de se retrouver pour une promenade.

Allmen n'était pas un promeneur enthousiaste, et il avait un problème de vestiaire. Il possédait bien des tenues de randonnée, mais ce n'était pas une randonnée. C'était une flânerie dans une zone périurbaine. Un entretien confidentiel au grand air.

Carlos lui avait recommandé un ensemble pantalon-blazer. Et un polo léger en cachemire, bouton du haut ouvert. Allmen avait aussi envisagé quelques options velours côtelé, mais comme María était elle aussi favorable au blazer, il avait cédé.

Weynfeldt portait quant à lui un costume kaki d'uniforme anglais et un fin pull-over en cachemire dont l'échancrure arrondie laissait émerger le col d'une chemise bleue. Il avait aux pieds des souliers sur mesure montant à la cheville, parfaitement cirés mais pas de première jeunesse.

Il était encore plus blême que d'habitude, ce qui faisait ressortir la monture sombre de ses lunettes.

Ils marchaient lentement, et des promeneurs aguerris ne cessaient de les dépasser. Allmen expliqua à Weynfeldt les réflexions d'Allmen International Investigations.

– J'y ai pensé la moitié de la nuit sans aboutir à une conclusion, dit Weynfeldt avec un soupir. Et vous ?

– Je suis moi aussi indécis. Malgré ce sinistre événement, je comprends que vous ne vouliez pas faire intervenir la police. Mais malgré tout, la question éthique des priorités se pose. S'il s'agit réellement d'un assassinat, la disparition du Picasso passe en second plan. La vraie priorité est d'élucider la cause du décès.

Après quelques pas supplémentaires, Weynfeldt demanda :

– Et alors ? Quelle conclusion avez-vous tirée ?

Allmen s'immobilisa pour lui expliquer le plan qu'ils avaient ourdi à la deuxième tournée de boissons – pour María, il avait fallu entamer une nouvelle bouteille de Priorat.

– Nous recommandons d'attendre un peu. Il se pourrait que la police conclue sans ambiguïté à un triste accident. Il n'y aurait alors aucune raison de mettre les autorités dans la boucle ni d'entraîner tout votre cercle d'amis dans une pénible enquête.

Ils reprirent leur marche.

– Mais si la police a le moindre soupçon, reprit Allmen, nous l'informerons de tout, évidemment.

Un couple de joggers en tenue moulante les dépassa en riant bruyamment.

– Nous verrons bien, dit Adrian Weynfeldt.

Allmen et Weynfeldt firent demi-tour et revinrent tout aussi lentement à leur point de départ, où les attendait M. Arnold.

Le ciel commençait à se couvrir. De petits nuages s'étaient formés et donnaient l'impression de vouloir grandir pour se regrouper.

– Jugez-vous possible que quelqu'un l'ait poussée ? demanda Weynfeldt.

– Je ne considère pas cela comme impossible.

– Peut-être cette personne ne souhaitait-elle pas que Karin vous raconte ce qui lui était revenu à l'esprit.

Allmen hocha la tête avec une telle retenue que Weynfeldt ne le vit même pas. Mais il connaissait déjà la réponse.

– Ce qui ferait de tous mes convives des suspects de meurtre.

– Je le crains, oui.

Weynfeldt secouait la tête, lentement, au rythme de ses pas.

– Cette nuit, je les ai tous passés en revue. Ça ne peut être personne, *personne*.

Il marqua une pause.

– Mais bien sûr, je refuse d'être aussi candide. Continuez vos entretiens. Et attendons l'exploitation des vidéos.

Chacun plongea dans ses réflexions. Hormis des voix d'enfants et des aboiements, on n'entendait que le crissement du gravier dont le chemin était semé.

– Elle ne voulait pas d'avis de décès, pas de cérémonie, pas d'inhumation. Juste une urne dans le carré communautaire. C'est ce que dit Luc.

Allmen eut l'impression que Weynfeldt en doutait. Il lui posa la question.

– Je ne sais pas. Peut-être Karin avait-elle vraiment pris ces dispositions. Luc était son compagnon. Je peux difficilement lui demander de prouver quoi que ce soit.

M. Arnold ne semblait pas les attendre aussi tôt. Appuyé sur la longue calandre de la Cadillac, il avait ôté sa veste, desserré sa cravate, remonté ses manches, et il prenait le soleil.

Quand il les vit, il sursauta, mais retrouva vite l'attitude qui sied à un chauffeur de maître. Il reconduisit Weynfeldt chez lui puis Allmen à son interrogatoire suivant.

4

Le cabinet d'architecte de Casutt & Partner était le parfait reflet de son travail. Là où, chez Hausmann, Karin Winter et même chez Weynfeldt, on trouvait encore çà et là de petites incohérences – ici une fioriture, là un décor, ailleurs un peu de couleur – qui perturbaient le purisme, tout chez lui était d'une rigueur absolue.

Il guida Allmen à travers un atelier pourvu d'une table à dessiner et d'un écran d'ordinateur grand format, puis le fit entrer dans son bureau. On y trouvait aussi une table à dessiner, deux écrans, un tableau de planning, un bureau et un groupe de sièges avec un *daybed* assorti.

À l'un des murs était tout de même accrochée une petite incohérence de cinquante centimètres sur trente. La peinture d'un paysage de montagne avec un troupeau de chèvres, dans un cadre un peu trop travaillé.

– Un Segantini, expliqua Casutt, cadeau d'Adrian pour l'inauguration de Casutt & Partner. Le cadre, lui aussi, est un Segantini d'origine, je n'ai pas eu le droit de le changer.

Kaspar Casutt n'était pas très grand. À sa coiffure en brosse poivre et sel, on voyait que ses cheveux poussaient naturellement à la verticale. Comme un symbole de son caractère récalcitrant. Sur le trajet, Weynfeldt avait expliqué à Allmen comment Casutt se disputait systématiquement avec ses rares maîtres d'œuvre et clients. Allmen supposa qu'Adrian Weynfeldt était le « partner ». Et sans doute aussi l'unique commanditaire.

– C'est ce qui arrive quand on lâche trop facilement la maîtrise d'ouvrage, expliqua Casutt, en colère. Je n'aurais pas dû céder sur la pose de la rambarde.

Il désigna un plan sur le mur.

– Ça, c'était le plan destiné au forgeron. Deux centimètres de diamètre, main courante de soixante-quinze millimètres de large, acier inoxydable massif et non poli. Mais elle a dit non. Que je pourrais toujours le faire pour son soixantième anniversaire. Intraitable !

Il lâcha tous ces mots d'une voix comprimée, et Allmen comprit qu'il tentait de contenir un sanglot. Deux larmes rageuses réduisirent son effort à néant.

– Que voulez-vous savoir ? demanda-t-il en s'essuyant les yeux d'un mouvement de manche furieux.

Ils étaient toujours debout, et Casutt ne donnait pas l'impression de vouloir lui proposer l'un de ses fauteuils en tube d'acier.

Avant même qu'Allmen ait pu poser sa question, il dit :

– Elle voulait vous revoir.

Allmen le dévisagea, surpris.

– Je l'ai eue au téléphone. Elle m'en a parlé.

– Elle a dit quoi que ce soit ?

– Non. Mais ça pourrait avoir un rapport avec Rolf. Rolf Strasser.

– Qu'est-ce qui vous fait dire ça ?

– Elle m'a appelé parce qu'elle ne trouvait pas son numéro de téléphone. Il en change tout le temps.

– Mais vous ne savez pas pourquoi elle voulait lui parler.

– Non. Je ne lui ai pas posé la question. Je ne suis pas curieux, ajouta-t-il d'un air grognon. Ça, c'est votre métier à vous.

– Je n'ai pas de métier. Je suis une personne privée.

– Naturellement. Votre travail est un hobby. C'est enviable.

Allmen imaginait sans peine pourquoi cet homme se rendait désagréable à ses clients et collègues.

– Vous n'avez rien remarqué pendant la réception qu'a donnée M. Weynfeldt, il y a environ trois semaines ?

– Si. Mais vous le savez sans doute depuis longtemps.

– Dites-moi toujours.

– Lorena a embarqué Adrian.

– Tiens donc. Et où ?

Casutt eut un petit sourire oblique.

– Probablement dans sa chambre.

– Ah bon.

– Pas pour longtemps. Une petite demi-heure. Vous ne le saviez vraiment pas ? Je suis le seul à avoir été indiscret ?

– Peut-être que personne d'autre ne l'a remarqué.

– Allons donc. Quand l'hôte néglige ses convives pendant une demi-heure puis réapparaît avec celle qu'il a toujours adulée, le teint tout rose, ça se remarque.

Allmen ne s'attarda pas là-dessus.

– À part ça, vous n'avez rien remarqué ?

Casutt jeta un coup d'œil à sa montre.

– Non. Enfin si. Dans le bureau, j'ai surpris Remo Kalt qui sifflait en douce le cognac d'Adrian.

– En douce ?

– Il a sursauté quand je suis entré. Il a dû se sentir pris sur le fait. Il n'avait rien à faire là-bas.

– Et vous ?

Casutt hésita.

– Adrian avait mentionné un défaut d'étanchéité sur la baie vitrée.

– Je vois. En théorie, n'importe qui pouvait se déplacer librement dans l'appartement ? Aucune pièce n'était fermée à clé ?

– À part la chambre d'Adrian, peut-être. Pendant un instant.

Allmen sourit.

Casutt regarda sa montre encore une fois.

– Autre chose ?

– Non. Je vous laisse à votre travail. Mais si vous pouviez me donner le numéro de Rolf Strasser…

L'architecte rejoignit son plan de travail, fit rouler un petit fichier de bureau comme on en utilisait autrefois et, de là, lui dicta le numéro.

Allmen le composa dès qu'il fut monté dans la Cadillac. Personne ne décrocha.

5

Le bureau de Remo Kalt se trouvait dans un quartier de cabinets d'avocats et de sociétés de gestion de biens. Au troisième étage d'un immeuble du XIXe siècle, dans le quartier le plus cher du centre-ville. Près du grand portail à double battant était fixée une vieille plaque en laiton lustré portant l'inscription *Kalt & Kalt Fiduciaire.* À côté, d'autres plaques d'entreprise frappées de différents noms et logos. Chacune avait son design, certaines étaient même en couleur. Le tout paraissait un peu improvisé et désordonné.

Allmen sonna et la clenche se mit aussitôt à bourdonner. Sur le comptoir de la réception étaient disposés différents petits écriteaux en cavalier portant des inscriptions comme *Compuword, troisième porte à droite* ou *Illfran GmbH. Merci de sonner ici, on vient vous chercher.*

Allmen passa devant les portes et reconnut aussitôt celle de Kalt & Kalt à sa plaque de laiton soignée.

Il frappa et une voix fragile cria :

– Entrez !

Allmen pénétra dans une petite pièce bourrée de meubles de bureau élégants qui auraient suffi pour deux ou trois salles. Il eut l'impression de se retrouver dans son séjour-salle à manger.

Un homme de grande taille, un peu voûté, se hissa hors de son fauteuil à roulettes. Il portait un trois-pièces noir et une chaîne de montre en or pendait à son gilet.

Sur le bureau trônait le moniteur massif d'un ordinateur IBM hors d'âge qui ronflait bruyamment. L'écran était noir. À côté du clavier, deux tasses à café, un cendrier dans lequel était posée une pipe, un cahier de sudoku ouvert, et partout des piles de dossiers.

Les étagères étaient bourrées de livres, de classeurs et d'objets qui n'avaient rien à y faire. Des cartons de déménagement s'empilaient à même le sol. Certains, ouverts, laissaient voir leur contenu. Là encore, des dossiers et des papiers.

Le vieux monsieur se fraya un chemin à travers le chaos pour s'avancer vers son visiteur.

– Pardonnez ce désordre, nous sommes en train de redimensionner un peu. Pour donner sa chance à la nouvelle génération.

Il fit un ample mouvement du bras qui embrassa tout l'étage et tendit la main à Allmen.

– Vous êtes monsieur von Allmen, Adrian m'a annoncé votre venue. Étrange, cette affaire de tableau disparu. Dans un appartement aussi surveillé.

Il était rasé de près, à l'exception d'une moustache rectangulaire à la Thomas Mann et d'un petit nid de barbe oublié sur son cou mou. Son eau de toilette ne suffisait pas à dissimuler son haleine légèrement alcoolisée.

– Passons donc dans la salle de réunion.

Il prit les devants d'un pas légèrement chaloupé et le conduisit à une porte. Quand il l'ouvrit, deux femmes et trois hommes assis à une grande table s'interrompirent et levèrent les yeux.

– J'ai réservé à la demie ! dit Remo Kalt, indigné.

– Encore dix minutes, Remo, je te prie, demanda l'un des hommes avant de se retourner vers les autres.

Kalt hésita un moment, puis poussa Allmen vers l'extérieur.

– La coordination n'est pas encore tout à fait au point, comme vous pouvez le constater.

Il le guida jusqu'à une petite cuisine. Un réfrigérateur ronronnait à côté d'un distributeur qui sentait le café brûlé. Kalt proposa à Allmen une chaise autour d'une table couverte de mugs, d'assiettes pleines de miettes, de journaux gratuits et de bouteilles d'eau minérale à moitié vides.

– L'ordre non plus n'est pas encore au point, commenta Kalt.

– Ordre et coordination vont souvent de pair.

– Je crains que vous n'ayez raison. Un café ?

Allmen refusa. Il détestait les cafés de distributeurs automatiques. Remo, lui, s'en fit un. Un peu voûté devant la machine, il cherchait péniblement le bon bouton. Allmen comprit alors à quoi il avait affaire. Il avait sous les yeux la triste fin d'une carrière professionnelle à succès et le déclin inexorable d'un homme qui avait joui jadis d'un grand prestige. Lui-même se sentait assez peu concerné. Il n'avait pas de profession, et ne doutait pas de parvenir à éviter le déclin.

– Cette libraire qui a eu un accident dans son magasin, demanda Kalt tandis que le gobelet de café se remplissait bruyamment, elle était aussi présente à la fête chez Adrian, non ?

– Oui. Karin Winter, une amie à lui.

– Il avait une participation dans sa librairie. Et dans sa maison d'édition. Entre nous, ni l'un ni l'autre n'étaient des investissements très lucratifs.

Il s'assit auprès d'Allmen et souffla sur son café.

– Comment puis-je vous aider ?

– Eh bien, je voulais simplement vous demander si vous aviez remarqué quelque chose de spécial ce soir-là.

Kalt touilla son café et réfléchit.

– En fait, tout était spécial ce soir-là. Je n'avais encore jamais vu autant de gens chez Adrian. Je ne connaissais qu'un tout petit nombre d'entre eux. Votre question est sans doute de savoir si l'une des personnes présentes n'a pas embarqué un tableau ? Il s'agit forcément d'un très petit format.

– Oui, il entre dans un grand sac. Ou une serviette.

– Et maintenant vous voulez que je me rappelle qui était présent avec un sac ou une serviette et a fait montre d'un comportement suspect ?

– Ou d'une discrétion suspecte.

– Il faudrait que je connaisse mieux les invités pour pouvoir vous répondre. Que donne l'exploitation des caméras de surveillance ?

– On l'attend encore.

– Je croyais qu'on avait ça instantanément.

– Je le croyais aussi.

– Ah, l'électronique. Quand on en a besoin…

Deux hommes entrèrent, en jogging et en baskets. Ils saluèrent brièvement et continuèrent à discuter par phrases brèves bardées d'expressions techniques. Quand ils furent repartis avec leurs cafés, Remo Kalt reprit :

– Je n'ai rien contre vous, mais Adrian aurait dû faire intervenir la police.

– Il le fera peut-être. Il ne le dit pas, mais je pense qu'il aimerait d'abord établir discrètement si l'un de ses amis n'est pas impliqué dans le vol. De façon à pouvoir régler l'affaire en sous-main.

– Vous avez peut-être raison. Ça ressemblerait bien à Adrian.

Il avala une gorgée de café.

– Et je le connais bien. J'étais déjà le fondé de pouvoir de ses parents. Adrian a toujours été un garçon spécial. Gentil, un peu rêveur, toujours prêt à apporter son aide. Et généreux. Pour moi, son fondé de pouvoir, trop généreux. Mais quand on peut se le permettre, la générosité est une qualité extrêmement aimable. Et Adrian peut se le permettre, croyez-moi.

Il termina son café, marquant la fin de la discussion.

– À votre place, j'attendrais l'exploitation des caméras. À moins que vous soyez rémunéré à la journée ? Dans ce cas, j'imagine que je poursuivrais les interrogatoires. Mais vous ne trouverez rien comme ça. Ce n'était pas l'un d'entre nous. Sauf peut-être… ajouta-t-il, songeur.

– Sauf peut-être ?

Kalt balaya la question d'un geste de la main.

– Non… rien.

6

Allmen commençait à regretter de ne pas avoir chargé María de ce coup de téléphone quand enfin il entendit la voix familière à l'autre bout du fil.

– Adrian Weynfeldt, annonça celui-ci comme un écolier bien élevé.

– Pardonnez-moi, je voulais seulement vous demander le numéro de Rolf Strasser. M. Casutt m'en a donné un, mais je n'arrive pas à le joindre.

Il fallut un moment à Weynfeldt pour le trouver. C'était le même.

– Vous savez, Rolf dit toujours qu'il n'est pas un véritable artiste. Mais quand on essaie de le joindre, je vous assure que c'en est un jusqu'à la moelle. Le mieux, ce serait que vous passiez chez lui.

Il lui donna son adresse. Il vivait au rez-de-chaussée d'un immeuble de trois étages, dans un ancien quartier ouvrier. C'était dans la petite maison d'arrière-cour, qui avait jadis abrité une laverie et un atelier de serrurerie, que se trouvait à présent son atelier.

Allmen sonna au bâtiment principal et à l'arrière, mais personne n'ouvrit. Au moment où il allait partir, une femme finit par descendre l'escalier. La quarantaine, elle portait un long manteau blanc maculé d'argile. Elle avait relevé ses manches et ses bras étaient couverts de terre. Les mains, quant à elle, étaient fraîchement lavées, gracieuses et roses.

– M. Strasser est parti en voyage, dit-elle en sortant une clé de son sac. Moi, j'arrose ses plantes.

– Vous savez où il est parti ?

– Qui êtes-vous ?

– Je m'appelle Allmen. Je suis un ami d'Adrian Weynfeldt.

Elle ouvrit la porte et entra dans l'appartement.

Comme il ne savait pas s'il était censé la suivre, Allmen attendit à l'extérieur. L'appartement ne donnait pas l'impression d'avoir été désigné par Casutt. Le mobilier était de seconde main, confortable, et il y régnait un certain désordre. Aux murs étaient accrochés des tableaux de courants artistiques très variés.

La femme était allée chercher un arrosoir. Elle passa devant lui et entra dans une autre pièce. Allmen entendit le crépitement du jet d'eau, de plus en plus aigu, qui se tut soudainement.

– Belle collection de tableaux, commenta-t-il quand elle repassa devant lui avec le lourd arrosoir.

– N'est-ce pas ? Ils sont tous de lui. Il est très talentueux. Je ne sais pas où il est allé, il ne me l'a pas dit. Il est parti sur un coup de tête et m'a juste laissé un mot : *Les plantes s'il vous plaît-merci.*

– Ça lui arrive souvent ?

– Oui. Il n'est pas du genre sédentaire.

– Et il ne dit jamais où il va ?

Elle prit un temps de réflexion.

– Non.

Elle passa au séjour.

Il ne la voyait plus, mais il l'entendit crier :

– Il va souvent à Rome !

7

Le lendemain après-midi, Allmen et Weynfeldt se retrouvèrent dans la grande salle de réunion de la banque. M. Warbtaler leur expliqua, après leur avoir adressé des salutations encore plus tarabiscotées que d'habitude et avoir abondamment toussoté, qu'on attendait encore M. Alexander.

Weynfeldt lança à Allmen un regard éloquent qu'il ne comprit pas tout de suite : M. Alexander était placé très haut dans la hiérarchie de la banque, bien au-dessus de M. Warbtaler.

M. Alexander entra avec les manières d'un homme très conscient de son importance. Il salua Weynfeldt d'une voix forte et cordiale, et Allmen lui renvoya la pareille. En revanche, il ignora son adjoint.

Après le *small talk* habituel des banquiers, il en vint aux faits.

– J'ai appris à grand regret qu'une œuvre de votre collection manque à l'appel et j'espère qu'elle réapparaîtra. Je me permets de croire que vous êtes bien pourvu sous l'angle des assurances, mais il va de soi que les choses… (il regarda le plafond, un peu songeur) ont aussi une valeur autre que purement matérielle.

Après avoir marqué une pause respectueuse, Warbtaler prit la parole et alla droit au but.

– Notre *security department* m'a fait savoir qu'on s'est heurté à une situation technique un peu déplaisante. Le disque dur de la surveillance – il est régulièrement mis à jour et une maintenance fréquente est assurée par le fabricant – a été affecté par un… un *blackout* dont nous étudions toujours les causes.

Il s'arrêta et attendit une réaction. Elle vint d'Allmen.

– Vous voulez dire qu'il n'y a pas d'images ?

– Nos techniciens sont persuadés que le matériau visuel peut être reconstitué.

– Donc pas d'images, résuma Weynfeldt.

Pour la première fois, M. Alexander regarda M. Warbtaler.

Celui-ci sursauta, se racla la gorge et dit d'un ton d'excuse :

– Oui, pour le moment, hélas, cela en a tout l'air. Mais ça ne durera pas, l'installation fonctionne de nouveau sans problème. Il s'agit seulement d'une étroite fenêtre temporelle.

– De quand à quand, exactement ? demanda Allmen.

M. Warbtaler regarda une feuille de papier.

– Du 2 au 11 juin.

Weynfeldt réfléchit un bref instant.

– C'est-à-dire juste avant la réception, et jusqu'à mon retour d'Écosse.

– Ça devrait être ça.

– Un peu de précision, je vous prie, l'admonesta M. Alexander.

– Ne devrions-nous pas faire participer M. Schwartz ? Il pourrait certainement nous expliquer tout ça plus précisément, proposa Allmen.

M. Alexander interrogea Warbtaler du regard.

– Le responsable de la *security*, expliqua-t-il.

– Dans ce cas, appelez-le.

– M. Schwartz est, hum… nous nous sommes séparés d'un commun accord.

Allmen et Weynfeldt échangèrent un regard.

– Ça a l'air d'être plus qu'une petite panne, constata sèchement Allmen.

8

Weynfeldt et Allmen se retrouvèrent à l'*Ancienne Teinturerie*, le restaurant bourgeois où Weynfeldt avait d'ordinaire rendez-vous une fois par semaine avec les derniers vieux amis de ses parents, Mereth Widler et Remo Kalt. Allmen souhaitait le mettre au courant de ses dernières discussions avec ce qu'il appelait désormais « la tribu de l'Agustoni ».

Les deux hommes étaient jusqu'ici partis de l'idée que les caméras de surveillance leur fourniraient une clé. Mais les invités de la réception étaient finalement leur seule et unique piste.

Pour Allmen International Investigations, il s'agissait de savoir lequel de ces amis avait pu emporter le tableau. Pour Adrian Weynfeldt, le but était de les laver de tout soupçon.

– Pourquoi l'un d'entre eux irait-il voler un tableau invendable ? demanda Weynfeldt.

C'était un bon argument, mais Carlos et María y avaient déjà répondu.

– Il y a des gens qui vendent aussi de l'invendable. Peut-être l'un de vos amis connaît-il quelqu'un dans ce milieu.

– C'est-à-dire ? demanda Weynfeldt avec une once d'irritation.

– La criminologie se veut rationnelle et dépourvue d'émotion. Nous devrions nous y tenir et aborder l'affaire d'un point de vue simplement théorique. D'accord ?

– Pardonnez-moi, fit Weynfeldt. Allez-y.

– Cela pourrait devenir un peu désagréable, mais c'est nécessaire. Vous permettez ?

– Allez-y.

– Puis-je partir de l'idée que chacun et chacune des membres de votre cercle d'amis se trouve dans une situation telle que le fruit de la vente d'un tableau comme celui-là serait le marchepied idéal pour se mettre à l'abri des soucis financiers ?

– Oui, vous pouvez. Sauf Alice. Elle dispose de revenus qui ne sont pas mirobolants, mais tout à fait suffisants.

– Rayons-la de la liste pour l'instant, alors. Mais si le tableau est authentique, on peut supposer que personne ne verrait d'objection à recevoir plusieurs millions ?

– En effet. Mais aucun n'en a un besoin urgent au point de devenir un criminel.

Ce point-là aussi, Allmen l'avait débattu avec Carlos et María. Leur argument était que cela plaidait justement en faveur d'un vol de Picasso non authentique. Le vol ne pèserait pas aussi lourd, et quelqu'un prêt à vendre de l'invendable n'était sans doute pas un expert.

Allmen exposa cette nouvelle objection.

– Pour un petit délit, on a souvent un petit mobile. Il faut donc aussi considérer ceux qui n'ont pas un besoin d'argent terrible.

– Mais ils savent tous qu'ils peuvent s'adresser à moi s'ils ont besoin d'un peu d'argent.

– Pas s'ils ont besoin d'un million.

– Je préfère éviter, oui.

– Passons les noms en revue, voulez-vous ?

Allmen déplia la liste que María lui avait sortie.

– Commençons par rayer Alice. Quid de Claudio Hausmann et Kando ?

– Ils auraient certes besoin de beaucoup d'argent pour son film. Mais ils ne peuvent pas le financer avec des fonds dont ils seraient incapables d'expliquer la provenance.

Allmen raya les deux noms.

– Kaspar Casutt ?

– Il a toujours des dettes, mais c'est dérisoire. Pour nous, en tout cas.

Allmen hocha la tête avec un sourire compréhensif.

– Pardonnez-moi… nous biffons Karin Winter. Mais son compagnon, Luc Neri ?

– Je le connais trop peu. Je savais par Karin qu'il n'avait pas trop de commandes en tant que webdesigner. Mais là aussi, nous parlons de sommes assez négligeables…

Il balaya l'idée d'un geste de la main.

La serveuse leur apporta leurs émincés de veau à la zurichoise garnis de rösti, la spécialité de la maison.

– C'est ce que je mange chaque semaine avec Mereth Widler et Remo Kalt. Et c'est toujours aussi bon.

Après quelques bouchées, Allmen reprit :

– À propos de Remo Kalt…

– Nous pouvons le rayer, l'interrompit Weynfeldt.

– Je ne serais pas aussi affirmatif.

– Ses affaires pourraient mieux se porter, mais Remo est très riche, insista Weynfeldt.

Allmen lui raconta en détail leur rencontre.

– Je ne l'aurais pas imaginé… Je ne suis pas allé dans ses bureaux depuis des années. Nous nous rencontrons toujours chez moi. Mais enfin, c'est impossible, Kalt & Kalt est une vraie institution. Remo est fondé de pouvoir et brasse des sommes gigantesques.

– Quand on manie beaucoup d'argent, on peut aussi en perdre beaucoup, dit Allmen, qui savait de quoi il parlait.

Ils décidèrent qu'il serait utile d'avoir une discussion avec Remo Kalt dès le lendemain.

Au dessert, ils abordèrent le cas de Rolf Strasser. S'ils le rayèrent de la catégorie mobile financier – il n'avait pas besoin de millions et n'en voulait sans doute pas –, ils le conservèrent en revanche dans la colonne « autres mobiles ».

Après le repas, ils allèrent se promener, franchirent le pont et se rendirent à *La Rivière* pour un *nightcap*. C'est là que Weynfeldt reçut un appel de Luc Neri.

Quand il revint – il était encore de ceux qui ne téléphonent pas à table –, il explosa :

– Rolf était avec Karin ! Juste avant l'accident.

– Comment M. Neri le sait-il ?

– Il a trouvé un message sur le portable de Karin. Rolf voulait la voir en urgence. Ils devaient se retrouver à 8 heures. Luc m'a demandé ce qu'il devait faire.

– Et alors ? Qu'est-ce que vous lui avez répondu ?

– Je veux parler à Rolf avant toute chose.

Allmen le dévisagea, surpris.

9

Allmen et Weynfeldt avaient aussitôt demandé à Véronique de leur réserver un vol pour Rome, et M. Arnold les conduisit à l'aéroport. Ces deux messieurs voyageant avec beaucoup de bagages, il dut loger deux valises sur le siège avant.

Ils étaient les seuls passagers de la business class, réduite à trois rangées. Avec deux hommes d'affaires chinois juste devant eux.

Ils avaient tous les deux commandé un bloody mary.

– Vous buvez ça souvent ? demanda Allmen.

– Jamais. Juste dans l'avion. Je ne sais pas pourquoi. C'est ma boisson de vol, tout simplement.

– La mienne aussi. Autrement, l'idée ne me serait jamais venue de boire du jus de tomate avec de la vodka et du citron.

L'appareil avait atteint son altitude de croisière et survolait une Suisse de carte postale, bleu, blanc et vert.

Comme Weynfeldt n'avait rien dit depuis un moment, Allmen regarda dans sa direction. Il était assis très raide, la tête droite. Mais il avait fermé les yeux, son souffle était calme et profond. Il s'était endormi.

Allmen but la dernière gorgée de son cocktail et se carra dans son propre siège.

La dernière fois qu'il avait fait ce trajet, c'était à bord du Beechcraft de Joëlle Hirt. Il se sentait plus détendu en compagnie de Weynfeldt.

Le bruit du moteur changea. Le pilote avait entamé son atterrissage sur Roma Fiumicino.

10

– Mais détends-toi, *mi amor*. Il est à Rome, enfin !

La table du petit séjour-salle à manger était couverte d'une nappe blanche, comme pour les repas de Don John, mais il y avait plus de bougies. Quatre cierges doubles serrés les uns contre les autres projetaient un éclat enchanteur sur le visage légèrement maquillé et les cheveux bleu-noir de María qui, retenus par un simple ruban, lui tombaient dans le dos.

Elle portait une robe de cocktail noire décolletée avec un collier de perles à deux rangs.

Il lui avait été offert par Carlos pour son trente-cinquième anniversaire. Elle n'avait pas le droit de le porter en présence de Don John, car Carlos ne voulait pas que le *patrón* croie qu'il avait de l'argent en trop. Quand il le lui avait dit, María lui avait ri au nez.

– Si quelqu'un peut comprendre cette dépense, c'est bien lui !

Mais Carlos n'en avait pas démordu. Cela lui aurait été désagréable. En tant qu'associé à égalité de droits d'Allmen International Investigations, il percevait la moitié des honoraires et ne dépensait pratiquement rien. Ce collier de perles était une exception. Ainsi s'était accumulé sur son compte un pactole considérable pour un ancien cireur de chaussures guatémaltèque. Une somme que, avec l'aide de María, il investissait précautionneusement, mais non sans réussite. Allmen devait le sentir, sans quoi il ne serait pas constamment revenu lui emprunter de l'argent. Mais il n'était pas conscient de l'ampleur de la richesse de Carlos. Allmen ne se souciait pas des chiffres.

L'excuse pour ce festin secret dans les appartements du *patrón* était l'avance sur honoraires de 25 000 francs d'Adrian Weynfeldt. C'était le règlement d'acompte le plus rapide de l'histoire de l'entreprise.

Carlos n'était pas détendu, mais María travaillait sa décontraction par le choix du vin et sa propre insouciance. Elle orienta la conversation sur le sujet du jour : Allmen leur avait parlé de ses soupçons à propos de Remo Kalt et de la visite matinale de Rolf Strasser chez Karin Winter peu avant qu'elle tombe dans l'escalier.

– S'ils le retrouvent et que c'est lui qui l'a poussée, alors ça veut dire que c'est lui aussi qui a volé le tableau, conclut María. Ça va devenir palpitant.

– Moi, ça me fait peur, répondit Carlos. Nous recherchons des œuvres d'art, pas des meurtriers.

– Tu crois qu'ils sont en danger ?

– Ils le seraient déjà ici. Et avec tout ce qu'on raconte sur l'Italie... La mafia et le reste...

– Je doute que ce Strasser ait des relations avec la pègre. Un peintre suisse, *madre mía* ! Celui qui a volé le tableau ne peut le vendre qu'à des gangsters.

– Il n'a peut-être aucune intention de le vendre, rétorqua Carlos. Tel que le décrit Don John, il pourrait aussi avoir volé le tableau par simple amour de l'art.

Carlos prit une gorgée du vin capiteux et grogna :

– Il faut déjà qu'ils le trouvent. Rome est une grande ville.

– Mais Weynfeldt prétend savoir où il séjourne.

– Nous verrons bien.

– S'ils ne le trouvent pas, c'est qu'il se cache. Et ça aussi, ça voudrait dire quelque chose.

Carlos se tut, soucieux.

– La mort de Karin Winter n'a probablement aucun rapport avec le tableau. Elle a peut-être juste dévalé l'escalier par accident, *nada más.*

– Quelle drôle d'idée de ne pas avoir voulu parler à Don John au téléphone !

– À qui le dis-tu… Mais changeons de sujet. Profitons de notre soirée !

Elle lui remplit son verre à ras bord, rapporta la bouteille vide à la cuisine et en revint avec une pleine qu'elle lui tendit en même temps qu'un tire-bouchon.

– *Trabajo de hombres.*

Carlos protesta.

– Mais ce n'est pas notre vin !

– Ce vin a été payé par Allmen International Investigations, et tu es propriétaire de la moitié de cette entreprise.

Il hésita.

– Nous ne sommes pas deux employés qui font la fête en l'absence de leur *patrón*, renchérit-elle. C'est l'associé à égalité de droits qui célèbre une nouvelle mission avec la directrice financière.

Carlos déboucha la bouteille à contrecœur et goûta le vin dans un verre propre.

– Je ne sais pas changer de rôle comme tu le fais, María. J'ai toujours été employé, jamais associé. Je n'ai jamais appris à donner des ordres.

Et il ajouta avec résignation :

– Juste à obéir.

– Alors suis-moi immédiatement sur le canapé de la bibliothèque ! ordonna María, l'air sévère.

11

Depuis le dernier passage d'Allmen à Rome, Benedetto avait commencé à grisonner. Mais il conduisait sa Mercedes Classe S avec le même sang-froid élégant que des années plus tôt, y compris en plein pic de circulation. Et le souvenir que lui avait laissé la générosité d'Allmen était encore assez vivant pour qu'il décommande tout pour se mettre à sa disposition.

Il était venu les prendre à l'aéroport et les avait conduits au Hassler, où Weynfeldt et Allmen s'étaient retirés dans leur suite respective et s'étaient changés pour la soirée.

Allmen attendait Weynfeldt à l'*Imàgo*, le restaurant du dernier étage, devant une margarita. Sa table était située dans le coin où les grandes fenêtres offraient une incomparable vue sur le spectacle de la ville au crépuscule.

Ce n'était pas la première fois qu'il était assis à cette place. Il ne put s'empêcher de repenser à Bianca.

Il avait fait sa connaissance tout jeune homme, du vivant de son père. Il était venu à Rome pour approfondir ses connaissances en italien, étudier dans l'un des plus beaux lieux d'Europe – comme il s'y était déjà exercé ailleurs – et surtout pour profiter de la douceur de vivre de la Ville éternelle. Son père, homme de la terre et grand propriétaire foncier, n'avait pas la moindre idée de ce que coûtaient les hôtels à Paris ou New York, de combien il fallait pour se vêtir et acheter des chaussures à Londres ni de la différence de prix entre un billet de classe économique et un billet de première. Ce qui arrangeait bien son fils.

Bianca était la fille d'un capitaine de paquebot de croisière, un veuf qui ne gagnait pas aussi bien sa vie que le laissait penser son uniforme de gala blanc comme neige. Elle était de Naples, mais quand Allmen avait fait sa connaissance, elle venait de s'installer à Rome et habitait dans un foyer. Elle avait une bourse pour étudier, curieusement, la sylviculture. Rome lui était inconnue et Allmen avait été son guide dans un monde bien au-dessus de ses moyens.

Bianca possédait la beauté simple de ces filles de paysans qui lui avaient tourné la tête à la ferme, et un corps qu'on aurait juré sculpté et poli par Michel-Ange dans du marbre de Carrare.

Ils avaient été très amoureux. Mais Allmen souhaitait conserver son indépendance et il voyageait beaucoup. À cause de ses études, Bianca ne pouvait pas l'accompagner. Surtout pas au bout du monde.

Elle était cependant restée fidèle au milieu dans lequel il l'avait introduite. En tant que maîtresse et bientôt en tant que jeune épouse d'un marquis toscan dont Allmen avait bien dû admettre, à son retour de voyage, qu'il était très élégant et avait belle allure.

Weynfeldt arriva à l'heure et lui présenta ses excuses pour le retard qu'il n'avait pas. Il portait un costume d'été clair sans gilet et, en guise de cravate, une légère écharpe en soie bleue avec un motif art déco rouge raffiné. Allmen se proposa aussitôt de revenir sur son préjugé contre les écharpes en soie.

– Je suis souvent venu ici avec mes parents quand j'étais petit. Après aussi, d'ailleurs. Vous avez beaucoup voyagé avec vos parents ? demanda Adrian Weynfeldt.

– Pas tant que ça. Ma mère est morte jeune et mon père devait s'occuper des terres. Les propriétaires fonciers sont plutôt sédentaires.

– Ma famille à moi était dans le commerce. On n'y est pas aussi attaché aux lieux.

Allmen changea de sujet avant que la conversation ne dérive sur les histoires familiales.

– À quoi ressemble notre programme pour demain ?

– J'aimerais commencer par les lieux qu'il m'a fait connaître dans le Trastevere. Quelques *trattorie*, quelques bars et surtout la *Maison des artistes*, où il a l'habitude de loger quand il est ici. Il y a aussi un atelier dans lequel il lui arrive de séjourner.

– S'il ne veut pas être retrouvé, ce n'est sans doute pas là que nous le trouverons, objecta Allmen.

– Je persiste à croire qu'il ne s'est pas enfui. Il part souvent pour Rome, spontanément et sans prévenir personne.

– La femme qui s'occupe de ses plantes m'a dit qu'en général, il prévient toujours.

Allmen s'étonna lui-même d'avoir contré Weynfeldt d'une manière aussi directe. Weynfeldt en resta coi.

– Eh bien, je suis peut-être le seul qu'il ne prévient pas.

Leur repas fut simple et classique : en entrée une *insalata caprese*, en premier plat des tagliatelles sauce tomate, en second, pour Weynfeldt, des *scaloppine di vitello* et pour Allmen un *vitello tonnato*.

Ils arrosèrent le tout avec un Terre Brune de Sardaigne. Le choix de Weynfeldt.

Allmen se dit qu'il en aurait sans doute choisi un plus cher. Puis il se rappela une phrase qu'il avait lue un jour dans un roman, il ne savait plus lequel : « Quand on a vraiment de l'argent, on n'a pas besoin de le montrer à chaque occasion. »

12

Il n'était que 11 heures du matin, mais il faisait déjà bien plus de trente degrés. Benedetto, qui les conduisait dans les ruelles du Trastevere, s'arrêta devant un petit bar qui avait disposé six tables sur le trottoir.

– *Ecco il bar Torino.*

Il descendit et ouvrit la portière à ses passagers. Weynfeldt et Allmen entrèrent dans le bar, vide, hormis un couple au comptoir qui donnait l'impression d'être tout juste sorti du lit. Ils avaient devant eux des petites tasses à expresso vides et des verres d'eau à moitié pleins.

Le patron leur adressa un salut aimable. Peut-être espérait-il qu'ils seraient moins taciturnes. Un haut-parleur installé au mur, entre les bouteilles, diffusait une chanson d'Edoardo Bennato.

– *Buongiorno*, dit Weynfeldt, Riccardo est là ?

L'homme éclata de rire.

– Depuis deux ans, Riccardo, c'est moi.

– Ah. Mais vous pouvez certainement nous aider, vous aussi. Nous cherchons Rolf, Rodolfo.

– *Lo svizzero ?*

– *Sì.*

– Pourquoi le cherchez-vous ?

– Nous sommes amis.

– Il est à Rome ?

– Oui, fit Allmen, qui reprit la conduite de l'entretien avec son italien fluide. Nous n'arrivons pas à le joindre. Quand il est à Rome, il s'achète un numéro de téléphone italien.

Weynfeldt lui jeta un regard surpris.

– En général, il vient prendre son petit-déjeuner ici.

Le barista alla à la machine à café et commença à préparer deux expressos.

– Ça fait longtemps que je ne l'ai pas vu.

– Depuis des jours ou depuis des semaines ?

– Depuis des mois.

Il posa les petites tasses devant eux et Allmen laissa comme toujours un peu trop d'argent sur la plaque de marbre fissurée.

– *Mi dispiace.* Si je le vois, je lui dis que vous le cherchez. Où est-ce qu'il peut vous joindre ?

– Il a mon numéro, dit Weynfeldt.

– Et autrement, au *Hassler*, ajouta Allmen.

– Pas mal, le *Hassler*.

Ils avalèrent leur petite gorgée de café et prirent congé.

Weynfeldt indiqua l'adresse suivante à Benedetto. C'était un *palazzo*, pour reprendre le nom qu'on donnait ici aux grosses bâtisses. Mais bien délabré. La haute porte à double battant, entrouverte, donnait sur un large corridor menant à une cour intérieure remplie de vélos au centre de laquelle se dressait une fontaine à sec. Il n'y avait sans doute plus de *portiere* ici depuis longtemps, la loge du concierge était entièrement recouverte de bouts de papier sur lesquels on avait griffonné des noms, des numéros d'étages et de téléphone.

– L'atelier de Rolf est en face, au quatrième, si je me rappelle bien.

Weynfeldt se dirigea vers l'escalier et Allmen le suivit.

Il y avait de la musique à chaque étage, chaque fois différente. Un palier sur trois, on trouvait trois portes et deux sorties donnant sur une galerie avec vue sur la cour intérieure.

Weynfeldt s'arrêta au quatrième.

– Je crois que c'est ici.

Ils se faufilèrent sur la galerie en passant devant des plantes en pot et rejoignirent une porte entrouverte d'où sortait de la techno.

Weynfeldt frappa sans résultat, puis il poussa un peu la porte et cria :

– *Permesso.*

Le niveau de la musique baissa et un jeune homme en tee-shirt maculé de taches de couleurs fit son apparition. Même ses cheveux, qu'il devait sans arrêt repousser en arrière, étaient pleins de taches jaunes et vertes.

– *Sì ?*

– Nous cherchons Rodolfo.

– *Lo svizzero ?*

– Oui.

– Pourquoi ?

– Nous sommes des amis.

L'inconnu toisa ces messieurs élégants.

– Vous pouvez me croire, dit Weynfeldt. Depuis de longues années.

Le jeune artiste pointa le plafond du doigt.

– Au cinquième. Même porte. Mais il n'est pas là. Depuis longtemps.

– Vous savez où il pourrait être ? demanda Allmen.

– *No*, dit-il sèchement. Autre chose ?

Et il commença à refermer la porte.

– Si vous le voyez, dites-lui de faire signe.

– À qui ?

– Il saura.

Ils montèrent à l'étage supérieur. La porte était couverte de bouts de papier griffonnés. Tous demandaient où il était. Presque tous de la même écriture et signés C.

Le plus grand, qui recouvrait partiellement les autres, affichait : *Vfc !*

– Qu'est-ce que ça peut bien signifier ? demanda Weynfeldt.

– *Vaffanculo.*

L'adresse suivante était le *Ristorante Alfredo.*

– Celui où on a inventé les fettuccine Alfredo ?

– Exactement.

– Et c'est un habitué ? s'étonna Allmen. C'est un lieu pour touristes. Le genre d'endroit où on va une fois et où on ne revient plus.

– Rolf, si. Il adore les fettuccine Alfredo. Il en commande régulièrement, y compris chez *Agustoni*, et se plaint chaque fois qu'ils ne sont pas préparés correctement. Tantôt il y a trop de beurre, tantôt trop peu, tantôt ils ne sont pas *al dente*, et chaque fois le parmesan n'est pas assez frais pour la recette.

Devant le *Ristorante Alfredo* se trouvaient de nombreuses tables couvertes de nappes blanches à l'abri d'une rangée de jardinières en fer forgé. Des chaînes barraient l'entrée. On lisait sur un écriteau : *Aperto dalle 12:30.*

Il était 12 h 40 et les quelques serveurs que l'on voyait à l'intérieur du restaurant ne faisaient pas mine d'enlever les chaînes. Un groupe de touristes chinois attendait patiemment pendant que deux autres, américains, s'énervaient sur ce manque de ponctualité, leurs fils adolescents regardant leur smartphone d'un air ennuyé.

Le barrage tomba enfin. On installa le groupe de touristes sur la terrasse tandis que Weynfeldt et Allmen entraient dans la salle gigantesque. Partout aux murs étaient accrochées des photos de célébrités internationales issues du monde politique, de la noblesse, des arts et du cinéma des huit dernières décennies. Et sur chacune, on retrouvait Alfredo Di Lelio, rayonnant derrière sa petite moustache soignée.

La fournaise romaine ne s'était pas encore infiltrée jusqu'au fond du restaurant. Une seule table était occupée, par un joli couple japonais qui étudiait la carte. Le jeune homme avait installé un minuscule appareil photo pour prendre la table et les couverts. Quelques lustres et les spots orientés vers les scènes de chasse en stuc diffusaient une lumière agréable.

Ils commandèrent docilement les fettuccine et demandèrent au monsieur d'un certain âge qui les servait s'il connaissait Rodolfo.

– Oui, oui, le *dottore* Rodolfo, il vient souvent, répondit-il.

Puis il leur sourit et s'éclipsa. Ils ne se laissèrent pas désarçonner par ce « *dottore* », on maniait ici ce titre avec libéralité.

Quand le garçon arriva avec le vin, un demi-litre d'Antinori blanc d'Ombrie, Weynfeldt lui montra une photo de Rolf Strasser.

– Ah, ce Rodolfo-là ! Comment va-t-il ? Ça fait longtemps que je ne l'ai pas vu.

Leur confiance s'envola. Elle revint seulement quand le serveur se mit à mélanger avec allant sur la table les fettuccine avec le beurre et le parmesan finement râpé, un sourire aux lèvres.

Sur le trajet du retour à l'hôtel, le smartphone de Weynfeldt sonna. Il lui fallait chaque fois un moment pour se rappeler les bonnes manipulations.

– Un message, dit-il ahuri.

C'était Rolf.

Tu me cherches ? À 21 heures à l'Imàgo, tout en haut du Hassler, OK ?

13

À un peu moins de 1 000 kilomètres au nord, Mme Hauser regardait un jeune homme dévorer du poulet froid. Il n'avait pas touché à la salade.

Ils étaient assis dans la cuisine high-tech, à l'unique place où Mme Hauser se sentait encore bien : à la grande table de chêne massif qu'elle briquait une fois par mois avec un peu d'eau de Javel. Elle voulait la gardait claire, dans la teinte qu'elle avait toujours eue. La table remontait à l'époque où Mme Weynfeldt était encore de ce monde. Mme Hauser s'était battue pour qu'elle reste à sa place. Cet architecte qui changeait tout voulait la remplacer elle aussi par un plan en acier chromé. Pour l'hygiène, avait-il affirmé. Mais elle avait gagné, avec l'aide d'Adrian qui pourtant, d'ordinaire, laissait les mains libres à cet architecte buté.

Tobi essuya ses mains grasses sur la serviette amidonnée et attrapa la bouteille de bière.

– Raconte-moi donc quelque chose, demanda Mme Hauser quand il la reposa.

– Tu veux que je te raconte quoi ?

– Si je le savais, tu n'aurais pas à me le raconter, dit-elle, taquine.

– Je suis muté.

– Muté ? Pourquoi ?

– Ils ont besoin de gens à Brigue. Pour une grande mission de déploiement informatique. Dix-huit mois de travail.

– Tu vas y loger ?

– Oui. Ils me cherchent un appartement.

Mme Hauser eut besoin d'un moment pour digérer la nouvelle. Tobi alla se chercher une autre petite bouteille de bière au réfrigérateur.

– Il faut combien de temps pour se rendre à Brigue ? demanda Mme Hauser.

– Pas longtemps. Deux bonnes heures en train.

– Trop longtemps pour pouvoir y faire un saut.

– Oui, ça, je vais devoir faire une croix dessus. Mais je viendrai de temps en temps. Le week-end.

– Alors les visites surprises, ça ne sera plus possible, dit Mme Hauser en soupirant.

Tobi but une gorgée.

– Eh bien il me verra, c'est tout. Il ne peut quand même pas interdire à ton petit-neveu de venir te rendre visite.

– Tu sais bien que je préfère ne pas mélanger ma vie privée avec le travail… Tu as envie d'une glace ? Caramel ?

Elle alla sortir une boîte du réfrigérateur et la déposa sur le plan de travail pour que la glace s'assouplisse un peu.

– Tu ne peux pas refuser ?

– Je pourrais…

Il resta un instant silencieux.

– Mais ça m'intéresse. Ça change un peu, pour une fois.

– Bien sûr.

Ils ne dirent plus rien, comme s'ils cherchaient un nouveau sujet. Mme Hauser fut la première à en trouver un.

– Ça arrive souvent qu'un système de surveillance tombe en panne ?

– Comment ça, tombe en panne ?

– Qu'il arrête de filmer ?

– Ça peut, pendant quelques secondes. Mais tout est sécurisé. Quand ça se produit, il y a une alarme. Pourquoi ? C'est arrivé ici ?

– Oui. M. Weynfeldt voulait visionner un enregistrement. Ils n'ont pas encore réussi à retrouver les images.

– Ce n'est pas fréquent. Pourquoi est-ce qu'il voulait voir l'enregistrement ?

Mme Hauser hésita.

– Ça, il ne me l'a pas dit.

Elle creusa deux boules avec la cuiller à glace et les servit à Tobi avec une gaufre.

– Merci.

Il picora un moment sans rien dire. Puis il demanda :

– Quand est-ce qu'il revient ?

– Après-demain.

– Dans ce cas, je peux passer la nuit ici ?

Mme Hauser rayonnait.

– Il n'en est pas question.

14

Des nuages sombres se découpaient sur le ciel bleu nuit. À l'ouest, le dernier reste de crépuscule fauve brillait de ses dernières lueurs, et les premières étoiles commençaient à apparaître.

L'éclairage du plafond reprenait le motif du ciel étoilé, et de petites lampes éparpillées diffusaient une douce clarté. Jadis, quand il était assis là tout seul, Allmen cherchait les constellations. En vain.

Ils n'avaient pas encore commandé le repas. Allmen sirotait sa margarita et Weynfeldt avait devant lui, comme toujours, son Martini intact avec une olive.

Strasser avait déjà près d'un quart d'heure de retard. Rien d'extraordinaire dans son cas, fit remarquer Weynfeldt.

Le message surprise de l'homme qu'ils recherchaient les avait plongés dans la perplexité. Ils avaient spéculé un moment sur ce que cela pouvait bien signifier, avant d'abandonner pour décider d'attendre quelques heures. Weynfeldt avait un peu travaillé sur son prochain catalogue de vente tandis qu'Allmen faisait une petite sieste, l'une de ses occupations préférées, l'après-midi.

Strasser arriva avec près d'une demi-heure de retard. Il s'installa sans présenter ses excuses et demanda, avec la même agressivité qu'Allmen avait remarquée à l'*Agustoni* :

– Pourquoi me cherchez-vous ?

Avant que Weynfeldt ait pu répondre, le serveur arriva pour prendre la commande.

Allmen et lui avaient déjà fait leur choix et ils ne tardèrent pas. Mais Strasser prit son temps, posa des questions, se décida, revint sur sa décision. Allmen eut l'impression qu'il le faisait exprès.

Quand il eut enfin terminé, il se cala sur sa chaise et demanda :

– Alors ?

Weynfeldt inspira profondément. Ce qu'il devait dire lui était désagréable, c'était visible.

– Tu sais certainement que Karin est morte.

– J'ai entendu ça. Il paraît qu'elle a dévalé l'escalier de sa boutique.

– Tu l'as vue très peu de temps avant.

Strasser se tut. Puis il dit, d'une voix si forte que quelques têtes se retournèrent :

– Ah c'est pour ça que vous êtes ici ? Parce que vous voulez me coller ça sur le dos ? Bon Dieu ! J'y crois pas !

Allmen, se rappelant soudain son rôle, demanda froidement :

– Vous y étiez ?

– Qui a dit ça ?

– Vous deviez la retrouver à 8 heures.

Strasser dévisagea Weynfeldt.

– Tu peux siffler ton molosse ?

– J'ai effectivement appris que tu devais la retrouver à sa librairie à 8 heures, dit Weynfeldt.

Strasser hésita un moment.

– Et si je te dis que je n'y suis pas allé ?

– Si tu le fais en me regardant dans les yeux, je te crois.

Rolf Strasser regarda Adrian Weynfeldt droit dans les yeux.

– Je n'y suis pas allé.

– OK, c'est donc réglé. Profitons du repas, maintenant.

– Et pourquoi n'y êtes-vous pas allé ? intervint Allmen.

– Ça s'était réglé entre-temps.

Il tendit la main vers la bouteille de vin, mais le garçon le devança et le servit.

– Quoi donc ? demanda Allmen.

Strasser l'ignora, mais il dit à Weynfeldt :

– Elle me devait 2 000 francs. Je voulais les récupérer avant de partir à Rome. Mais le soir même, un client en retard est venu me payer.

– Puis-je vous demander le nom du client ? demanda Allmen.

– On peut changer de sujet, Adrian ? Je t'ai dit que je n'étais pas allé chez Karin, ça devrait suffire.

– Bien sûr, concéda Weynfeldt avec un hochement de tête apaisant en direction d'Allmen.

Mais celui-ci ne lâcha pas.

– Dans ce cas, vous n'avez rien à voir avec la mort de Karin Winter ? Ni avec la disparition du tableau ?

– Vous parlez du faux Picasso ?

Allmen lança à Weynfeldt un regard un brin réprobateur.

– Je ne lui ai rien dit, se défendit celui-ci.

– Ce n'était pas difficile à deviner, confirma le peintre. Quelle autre disparition lui ferait autant de peine ?

– Vous n'avez pas répondu à ma question, insista Allmen.

Strasser le toisa, moqueur.

– Les faux Picasso, je peux les peindre tout seul.

On leur apporta leurs plats et ils mangèrent dans un silence relatif. La conversation, et les relances étaient le plus souvent l'œuvre d'Adrian Weynfeldt.

– Ça n'a pas été simple de te trouver.

– Tant mieux.

– Pourquoi ?

Allmen dressa l'oreille.

– Je suis harcelé.

– Harcelé ? Par qui ?

– Tu ne la connais pas. Une Romaine, Carla.

Allmen et Weynfeldt échangèrent un regard.

– Celle qui colle des mots sur ta porte, dit Weynfeldt.

Strasser les quitta à peine la dernière bouchée avalée. Allmen et Weynfeldt firent un tour au bar, s'assirent dans deux fauteuils à grosses fleurs devant une table ronde et commandèrent leurs *nightcaps*.

– Je le crois, dit Weynfeldt tout à trac.

– Pourquoi ?

– Il est beaucoup trop fier pour mentir.

– Trop fier ?

– Oui. Rolf n'a jamais besoin de rien. Sauf d'un peu d'argent de temps en temps.

Comme Allmen ne répondait pas, Weynfeldt demanda :

– Pourquoi est-ce que cela vous étonne ?

Puis, avec un sourire :

– Et *vous*, ça vous arrive souvent de mentir ?

– Non, répondit Allmen avant d'admettre : Mais je ne dis pas toujours la vérité.

– Vous cachez la vérité, ou vous dites son contraire ?

– Disons que je fais plutôt des mensonges par omission.

– C'est moins grave.

Le lendemain, Allmen voulut rendre visite à son tailleur romain, et Weynfeldt au sien. Il s'avéra que c'était le même.

Cette coïncidence était pourtant parfaitement logique : le maître tailleur était un virtuose renommé. Le rendez-vous dura plus longtemps que prévu et ils prirent finalement le dernier vol.

TROISIÈME PARTIE

1

Il était près de minuit quand M. Arnold vint les chercher à l'aéroport. En général, Allmen lui demandait toujours de ramener d'abord Weynfeldt chez lui, même si cela leur faisait un détour. Mais cette fois-ci, il était très tard et Weynfeldt refusa tout net.

– *Let's call it a day*, dit Allmen à Weynfeldt pour couper court. Quelle journée, je suis épuisé !

Il ne l'avait toujours pas invité à la villa, et ça devenait discourtois. Quand Weynfeldt descendit de voiture pour lui dire au revoir, Allmen se sentit obligé de commenter la plaque en laiton de la société fiduciaire qui brillait sur la colonne de son portail.

– Comme vous le voyez, j'ai moi aussi des locataires. Heureusement, ils ont besoin d'un peu moins de *security* que les vôtres.

À l'intérieur, Carlos l'attendait déjà avec son *good-night-tea*. Il voulait savoir s'ils avaient trouvé Strasser et ce qu'avait donné la rencontre, mais Allmen était trop fatigué pour produire un rapport détaillé.

– Il n'est pas allé chez elle, se contenta-t-il de dire.

Carlos portait sa veste et son nœud papillon noir, et il ne se sentait pas assez légitime pour creuser la question auprès du patron.

Le lendemain matin, quand Allmen se réveilla, Carlos était dans le jardin, en train d'arroser les rhododendrons. María était à deux doigts d'exploser de curiosité en lui servant son œuf poché sur un toast. Elle prenait son rôle d'employée de maison plus librement que Carlos, et il ne fallut pas longtemps avant qu'elle demande :

– Strasser n'a donc pas vu Karin Winter le matin où elle est morte ? C'est juste ce qu'il dit, ou bien il peut le prouver ?

– Il le dit, et M. Weynfeldt le croit.

– Pourquoi ?

– Parce que Strasser ne ment jamais.

María fit retentir son rire contagieux, et Allmen se laissa contaminer.

– Je ferais bien sa connaissance, à celui-là, dit María en gloussant. L'unique être au monde qui ne ment jamais.

Puis elle retrouva son sérieux.

– Et vous ? Vous n'avez pas exigé une preuve ?

Allmen fit non de la tête.

– Impossible. Ç'aurait été un signe de défiance.

– Avec un suspect d'assassinat, ça paraît normal.

– Mais c'est difficile de laisser entendre à son client qu'on se méfie de son jugement, répondit Allmen.

– Et maintenant ?

– Nous continuons à chercher le tableau.

– Chez qui ?

– Remo Kalt semble avoir un besoin urgent d'argent. De beaucoup d'argent.

La bouilloire siffla et María retourna à la cuisine en secouant la tête.

2

Weynfeldt n'avait pas annoncé son arrivée et personne ne l'attendait quand il arriva chez lui. Mme Hauser s'était déjà retirée et la chambre du maître de maison n'était pas prête. Le dessus-de-lit était encore en place, sa lampe était éteinte et il n'y avait pas de carafe d'eau sur la table de chevet. Il ressortit en chercher et alla se coucher tout de suite.

Mais il se réveilla sur les coups de 3 heures du matin et ne parvint pas à se rendormir. Deux questions l'obsédaient : accordait-il trop de confiance à Rolf Strasser en ce qui concernait la disparition du tableau ? Et Remo Kalt se trouvait-il dans une situation assez désespérée pour commettre un vol ? Plus il y réfléchissait, plus une troisième question se posait à lui : devait-il simplement considérer les *Baigneuses* comme perdues, dédommager Allmen pour ses efforts et laisser la tempête retomber ?

Il s'était presque rendormi quand une nouvelle réflexion le fit sursauter. Lorena. Avait-elle quelque chose à voir avec cette affaire ? Si Allmen considérait qu'en théorie ils étaient tous suspects, pourquoi pas elle ? Lorena était tout de même en contact avec des gens louches.

À 4 heures du matin, il jeta l'éponge et se dirigea vers son bureau.

Il entendit de la musique dans le couloir et, en la suivant, se retrouva devant l'une des chambres dans lesquelles il logeait ses rares invités. Il frappa à la porte et ouvrit.

La chambre était enfumée. À la musique se mêlaient à présent des coups de feu et des explosions. Il vit un écran briller sur le lit.

Weynfeldt alluma la lumière et un jeune homme effrayé se leva brusquement. Un peu rond, il avait les cheveux très courts, et portait un boxer et un marcel.

– Qui êtes-vous ? demanda Weynfeldt.

– Tobias Hauser, répondit-il, et il passa tout de suite à l'offensive. Et vous ?

– Adrian Weynfeldt. J'habite ici. Et vous semblez être mon invité.

– Je suis le petit-neveu de Mme Hauser.

– Eh bien dans ce cas, bienvenue et bonne nuit.

Weynfeldt éteignit la lumière et referma la porte derrière lui.

3

Ils arrivèrent un peu en avance à l'*Ancienne Teinturerie*. Mereth Widler et Remo Kalt n'étaient pas encore là.

Il est vrai qu'on n'était pas samedi, le jour des « amis d'un certain âge », comme les appelait Weynfeldt en son for intérieur. Il aurait aussi pu rendre visite à Remo Kalt en compagnie d'Allmen chez Kalt & Kalt, mais il ne voulait pas le mettre dans l'embarras en le forçant à expliquer la décrépitude de ses bureaux. Une rencontre dans leur cadre habituel en compagnie de Mereth Widler paraissait plus innocente.

– Comme je suis content de vous revoir une dernière fois ! s'écria la vieille serveuse qui s'occupait d'eux.

– Pourquoi « une dernière fois », Magda ? demanda Weynfeldt, étonné.

– J'arrête. Je prends ma retraite. Vous ne le saviez pas ?

Weynfeldt s'en tira comme il le put :

– Si, bien sûr, je l'ai seulement refoulé.

Elle prit leur commande de boissons et s'éloigna avec un sourire déclinant.

– Il n'y aura bientôt plus personne ici pour nous réserver cette table.

– Ce serait dommage, jugea Allmen, c'est certainement la meilleure.

– Oui. Sauf qu'elle est devenue un peu grande.

C'était une table pour dix, mais on n'avait mis le couvert que pour quatre personnes, au milieu.

Weynfeldt porta un regard mélancolique sur les places libres.

– Mon père présidait, ma mère était à sa droite. En face de lui, Remo Kalt, qui est aussi mon cousin, et à côté de lui son épouse Gertrud. Face à elle était assis le Dr Widler, le médecin de mes parents, à côté de lui Mereth, sa femme. Je la trouvais très amusante et, quand j'avais 12 ans, j'aimais bien être en face d'elle. Aux deux places restantes étaient installés des couples d'amis ou de parents qui tournaient sur un cycle de six semaines. Ces soirées étaient souvent très bruyantes et très drôles. Chacun des trois couples fixes devait payer le vin toutes les trois semaines, et tous se faisaient un plaisir d'alourdir la note de ceux dont c'était le tour. La première place vide a été celle de mon père puis, après bien des années, celle de ma mère. Ensuite celle de Gertrud, la femme de Remo. Et pour finir, il n'y a pas longtemps, celle du Dr Widler. À quelques reprises, cette place a été occupée par l'amant de Mereth, qui avait quinze ans de moins qu'elle et avec qui elle a entamé une liaison quelques années avant la mort de son mari. Mais cette relation n'a survécu qu'un an à la mort de ce dernier.

Magda apporta les sherrys.

– Et voilà que l'activité reprend déjà à la table commune de l'*Agustoni*. Avec Karin.

Il leva le petit verre, trinqua avec Allmen et, au grand étonnement de celui-ci, en but même une gorgée.

– Dieu soit loué, au moins, c'était un accident.

– Dieu soit loué, confirma Allmen.

Le chef de rang, le successeur de Gustavo qui avait pris sa retraite, conduisit à leur table une toute petite vieille dame en porcelaine, maquillée comme si elle portait un masque. Les deux messieurs se levèrent.

– Déjà en train de picoler, dit-elle d'une voix étonnamment grave.

Elle laissa Weynfeldt l'embrasser sur les joues et détailla Allmen avec curiosité.

– Johann Friedrich von Allmen, le présenta Weynfeldt. Il m'aide à retrouver un tableau de ma collection.

– Que l'un d'entre nous est censé avoir chapardé, je sais.

Elle tendit la main à Allmen comme si elle attendait un baisemain. Il ne la déçut pas.

– Fouillez-moi, je vous prie, ordonna-t-elle d'une voix sévère.

Et elle poussa un rire vulgaire qui paraissait être le fruit d'un certain entraînement.

– Je suis comme ça. Adrian ne vous a pas prévenu ?

– Non. M. Weynfeldt est un homme discret.

– Parfois un peu trop. Tiens, Magda ! Vous ne deviez pas être à la retraite depuis longtemps ?

– La semaine prochaine, docteur.

Elle posa un cocktail bleu devant la vieille dame.

– Votre blue lady, comme toujours, docteur.

Elle leva son verre devant les deux messieurs qui firent de même.

– Attention ! prévint-elle, il est sur la liste des cocktails aphrodisiaques.

Elle but une grande gorgée et émit un rot qui seyait fort mal à une dame.

– Qu'est-ce que vous cherchez comme tableau de la gigantesque collection d'Adrian ? Je suis déjà surprise que tu aies remarqué qu'il en manquait un.

La conversation continua ainsi, menée tambour battant par Mereth Widler.

– S'il ne se pointe pas dans les dix minutes qui viennent, commandons sans lui ! proposa-t-elle à un moment.

Weynfeldt regarda sa montre. Remo Kalt avait effectivement quarante minutes de retard.

– Lui qui est tellement ponctuel.

– Qui était, le contredit Mereth Widler. Ces derniers temps, il ne l'est plus. Si vous voulez mon avis, il commence à gâtouiller. Récemment, il m'a appelée Gertrud. Je lui ressemble ? J'espère que non.

Elle dévisagea Allmen.

– C'était le prénom de sa femme. Elle était plutôt du genre « fausse maigre » ; c'est comme ça que les vendeuses polies appelaient leurs clientes un peu grasses, dans le temps.

– Appelle-le. Je ne serais pas étonnée qu'il ait oublié.

Weynfeldt chercha le numéro et le composa. Un bon moment s'écoula avant qu'il dise :

– C'est moi, Adrian. Tu es encore chez toi ? Bien, d'accord. Mereth, M. von Allmen et moi. À l'*Ancienne Teinturerie*. Si.

Au lieu de samedi. Tu as dit que ça te convenait aussi. Ce n'est pas grave, ça arrive. Oui, je te dirai. Dans ce cas, dors bien.

Weynfeldt glissa son smartphone dans la poche cousue spécialement à cette fin dans la doublure de sa veste.

– Je vous l'avais dit, commenta Mereth en riant.

Ils commandèrent enfin et passèrent, sous la direction de Mme la docteur Widler, une soirée dont Allmen espérait qu'elle ne se répéterait pas de sitôt.

4

Après ça, Allmen proposa d'aller faire un petit saut à *La Rivière*. Il avait besoin de masquer le goût de la saucisse, de la langue, du lard et de la choucroute. Une ou deux margaritas devraient l'y aider. Weynfeldt l'accompagna avec ses Martini olive.

C'était toujours le même trio de musiciens, et ils s'assirent sur les mêmes tabourets que le soir où ils avaient fait connaissance. La chanteuse en robe de cocktail noire chantait « The Masquerade is Over ».

Your eyes don't shine like they used to shine
And the thrill is gone when your lips meet mine
I'm afraid the masquerade is over
And so is love, and so is love…

– Ça va bien à cette soirée, la mascarade, soupira Weynfeldt.

– Je n'aurais pas osé le dire.

– Mais vous l'avez pensé.

Allmen ne répondit pas, il se contenta de sourire.

– M. Kalt vous a paru dément ?

Allmen réfléchit un instant.

– Non, pas vraiment. Un peu déprimé, peut-être. Mais dément ? Certainement pas.

– Au téléphone, il m'en a un peu donné l'impression. Mais pas à la réception. Sauf...

Allmen attendit.

– Kaspar Casutt ne vous a pas raconté qu'il l'a rencontré dans mon bureau ? Il n'a rien à y faire, normalement.

– Il ne s'était pas égaré, il voulait juste boire un petit cognac en secret.

– Mais il en aurait aussi eu un au grand salon, où tout le monde se trouvait.

– Peut-être en a-t-il bu un aussi là-bas. Peut-être avait-il envie d'en prendre un de plus, discrètement.

– Au téléphone, en tout cas, il avait l'air très confus.

– Il faut dire que vous l'avez réveillé.

Weynfeldt doutait toujours.

– La démence arrive parfois par vagues successives. On peut être lucide un jour et confus le lendemain, expliqua Allmen.

– C'est vrai, répondit Weynfeldt. Et on peut aussi la simuler.

– Vous croyez que ça pourrait être le cas ? Pourquoi ferait-il ça ?

Adrian Weynfeldt but une gorgée de son Martini. Une petite, mais tout de même. Puis il dit d'une voix ferme :

– Quand tout le monde est suspect, c'est un dément qu'on suspectera le moins.

Allmen fit signe au barman et commanda une tournée pour l'orchestre. Peu après, la chanteuse entonna « Slow Dance ». Allmen leva son verre dans sa direction, et Weynfeldt l'imita.

Ils profitèrent de la musique. Weynfeldt mangea son olive, Allmen grignota des amandes salées toastées.

– Il m'arrive de me dire que je devrais peut-être laisser tomber tout ça, dit soudain Weynfeldt.

Allmen se laissa un petit instant pour y réfléchir. Ce qui l'occupait était moins l'aspect financier que le fait qu'il perdrait sans doute Adrian Weynfeldt de vue. Il avait appris à apprécier sa compagnie.

– Je peux le comprendre. Ça évoque un peu une impasse. D'un autre côté, je crois que nous approchons lentement du but. En général je sens ce genre de choses, je ne sais pas pourquoi.

– C'était juste une réflexion. Je n'ai pas encore pris de décision.

La porte s'ouvrit. Une femme entra et, avant même d'avoir atteint le comptoir, elle enleva son manteau d'été léger, dont la débarrassa le serveur qui l'escortait.

Weynfeldt se laissa glisser de son tabouret.

– Lorena ! appela-t-il.

Elle vint vers lui, posa ses bras tendus sur ses épaules et l'embrassa sur la bouche.

– Quel merveilleux hasard ! dit-elle en souriant.

Puis elle se tourna vers Allmen. C'était une femme très séduisante. On voyait qu'elle avait déjà un peu vécu aux petites rides sous ses yeux verts et aux commissures de ses lèvres fardées d'un rouge très vif. Une mèche gris clair s'était faufilée dans sa coiffure cuivrée. Elle portait un corsage chinois à petit col droit, une jupe noire courte, un lourd bracelet doré à chaque poignet, de grandes créoles assorties, des escarpins noirs à haut talon et un parfum mystérieux. Allmen ne le connaissait pas, ce qui n'était pas fréquent.

Elle le regarda en souriant et attendit que Weynfeldt le présente.

Adrian avait changé. La légère mélancolie de ses traits s'était dissipée comme par enchantement et son visage aimable rayonnait.

Elle s'assit sur le tabouret de bar voisin de celui de Weynfeldt comme si elle s'y était exercée jusqu'à ce que son geste paraisse parfaitement naturel. Ainsi délogé, Allmen prit le suivant et comprit vite qu'il était devenu superflu.

Il était encore en train de réfléchir à la manière de prendre congé sans donner l'impression d'être vexé lorsque Weynfeldt appela le barman et paya.

Le couple lui dit au revoir. Weynfeldt aida Lorena à passer son manteau, elle s'accrocha à son bras, et tous deux se dirigèrent vers la sortie collés l'un à l'autre. Ils se détachèrent brièvement pour qu'il puisse ouvrir la porte, puis disparurent.

Ils ne ressemblaient pas du tout à un couple séparé.

Allmen dut attendre un peu. Il aurait été indélicat de partir si vite après les deux autres. Quitte à attendre, autant le faire avec un dernier verre. Une fois n'est pas coutume, il commanda un bloody mary ; il était curieux de savoir quel goût cela pouvait avoir sur la terre ferme.

Les musiciens aussi apprécieraient sans doute qu'on leur en offre un pour la route.

C'était la mission la plus étrange dont se soit jamais chargée Allmen International Investigations. Retrouver un tableau volé dont la valeur était nulle, ou bien très élevée. Et alors que tous les suspects étaient de bons amis du client. Y compris une femme victime d'un accident mortel une heure avant de lui révéler une information vraisemblablement capitale.

Le bar s'était vidé et le personnel commençait à préparer la fermeture quand le groupe lança son dernier morceau : « Strangers in the Night ». Allmen eut l'impression qu'ils ne le jouaient que pour lui.

Après les dernières notes, Allmen demanda l'addition au barman. Il l'attendait encore lorsqu'il sentit quelqu'un s'approcher puis s'asseoir sur le tabouret à côté de lui.

– *Thanks for the drinks*, dit la chanteuse.

– *Thanks for the songs*, répondit-il.

– *It's not a slow dance, it's just a romance*, lui dit-elle une fois dans sa chambre.

5

Weynfeldt était allongé sur le dos. La tête de Lorena était nichée dans son épaule, et il avait passé le bras autour d'elle. Il sentait son souffle. Les volets du balcon étaient fermés, la porte-fenêtre ouverte. Un tram ou une voiture passaient de temps en temps.

– Les exceptions sont plus belles que les règles, murmura Lorena.

– C'est pour ça qu'il ne peut jamais y en avoir assez, répondit Adrian.

– Tu crois que je suis nymphomane ? demanda-t-elle soudain d'une voix basse et sérieuse.

Adrian retint son souffle.

– Tu n'es pas forcé de répondre.

– Je ne sais pas. Tu le crois, toi ?

Elle resta longtemps sans rien dire.

– Parfois, oui. Mais ensuite je me dis que je suis peut-être juste comme la plupart des femmes, seulement je me contiens moins.

Adrian ne répondit pas.

– Mais que tu ne sois pas jaloux, ça..., s'étonna Lorena.

– Tu préférerais que je le sois ?

– Peut-être un peu.

– Alors je le serai, à l'avenir.

Lorena rit et l'embrassa dans le cou. Puis elle retrouva son sérieux.

– Si tu voulais qu'on en finisse pour de bon, je comprendrais.

– Je ne suis pas bon pour finir les choses.

Elle sourit et se blottit contre lui.

– J'attends simplement que plus personne ne veuille de toi.

– Ce jour-là, tu ne voudras plus de moi non plus, rit-elle.

La lumière des lampadaires de la rue filtrait entre les lamelles des stores, projetant un motif sur le mur.

– Tu viens, demain, à l'*Agustoni* ?

– Ce sera un repas plutôt funèbre, non ?

– Je ne crois pas. Karin ne voulait pas d'obsèques. Donc pas de repas de deuil non plus. Et même si c'était le cas, ces repas-là se révèlent souvent très sympathiques.

– C'est encore plus triste. Il commence à faire frais, tu ne trouves pas ?

Il tira la couette sur le corps nu de Lorena.

– Il n'est encore passé par la tête de personne que cela pouvait ne pas être un accident ?

– Si, bien sûr. Mais apparemment la police n'a aucun indice allant dans ce sens.

– La police, fit Lorena avec mépris.

Elle repoussa la couette et passa à la salle de bains. Adrian la suivit des yeux. Elle marchait un peu sur la pointe des pieds, comme toujours quand elle ne portait pas de chaussures. Cela lui faisait de plus jolies jambes, lui avait-elle expliqué un jour.

Il ferma les yeux et se demanda s'il devait lui demander de revenir s'installer chez lui.

C'est alors que retentit le début du solo de guitare de « Shine on You Crazy Diamond ». C'était le smartphone de Lorena, posé sur la table de chevet. Weynfeldt l'attrapa du bout des doigts.

Le visage d'un homme souriant aux cheveux noirs luisants peignés vers l'arrière s'afficha sur l'écran. *Diego.*

Quand Lorena revint et vit que son téléphone indiquait un appel en absence, elle passa le doigt dessus, y jeta un coup d'œil, reposa l'appareil écran vers le bas et se glissa contre Adrian.

Elle ne dit rien, il ne demanda rien.

Il avait dû s'endormir. Quand il ouvrit les yeux, la lumière grise du petit matin filtrait entre les lamelles des stores. La fenêtre, toujours ouverte, laissait monter le bruit de la circulation naissante et le chuintement des pneus sur la chaussée humide.

Il était seul dans le lit, mais il entendit un claquement caractéristique dans le couloir. La porte s'ouvrit sur Lorena qui entra avec un plateau, du café et des croissants. Elle portait son manteau d'été et ses escarpins, dont la pointe fine comme un crayon avait sans doute laissé une fois de plus des marques sur le parquet ancien, au grand dam de Mme Hauser. Le reste de ses vêtements était sur la chaise.

– Avec les salutations pas franchement aimables de Mme Hauser. Je me suis sentie comme une lycéenne prise sur le fait.

Weynfeldt sourit.

– Il faut dire que ton look a quelque chose d'un peu provocateur.

Lorena lui tendit le plateau, ouvrit trois boutons du manteau, le jeta au sol comme une stripteaseuse et, complètement nue, se faufila à côté d'Adrian. Elle attrapa un croissant.

– Tu as du neuf à propos du tableau ? demanda-t-elle, la bouche pleine.

– Rien.

– C'est lequel ?

Voyant qu'il hésitait, elle ajouta :

– À moi, tu peux bien le dire. Je n'ai qu'à faire un petit tour dans l'appartement et je saurai.

– Le Picasso aux trois baigneuses.

– Celui qui n'est peut-être pas authentique ?

– Celui qui est très vraisemblablement authentique.

– Il vaut combien ?

– Entre zéro et trois millions.

– Mais tu y tiens surtout à cause de l'histoire. Petit romantique.

Elle lui donna un baiser.

– Moi, je chercherais du côté de Mme Hauser.

– Mme Hauser ? Elle est absolument digne de confiance, lâcha Weynfeldt.

– Justement, ce sont les plus dangereuses.

6

Lorena n'était pas venue. Et elle avait eu bien raison : le repas avait tourné au banquet funèbre de la pire espèce. De ceux qui virent à la rigolade.

Là où Karin s'installait toujours, Agustoni avait fait disposer une assiette avec une composition de roses blanches, et à côté un seau à glace contenant une bouteille du pinot grigio qu'elle commandait chaque fois.

On mangea moins et l'on but plus qu'à l'ordinaire, et un joyeux bavardage ne tarda pas à s'installer autour de la table. C'est seulement lorsque le jeune serveur qui avait été renvoyé en salle pendant ce qui aurait dû être son heure de repos apporta l'addition à Weynfeldt sans que celui-ci ait rien demandé que la compagnie se dispersa.

Allmen et Weynfeldt restèrent assis à la grande table à moitié débarrassée et le jeune serveur leur apporta un autre café.

– Il ne voulait pas rentrer chez lui ?

– J'ai réussi à le convaincre de rester encore un peu, répondit Weynfeldt.

Ils burent leur expresso du bout des lèvres et observèrent le restaurant vide. Les fenêtres donnant sur le quai étaient ouvertes, un homme d'un certain âge ramassait les nappes en papier et les enfonçait dans une poubelle mobile. Puis il basculait les chaises vers l'avant contre les tables.

Allmen se demanda avec qui d'autre il pouvait rester assis comme cela sans dire un mot. La seule personne qui lui vint à l'esprit était Carlos. Même avec María, il avait vite l'impression qu'il devait dire quelque chose.

– Il en faut si peu, murmura Weynfeldt.

Allmen attendit la suite.

– On évolue dans son cercle d'amis comme si c'était la chose la plus naturelle du monde. Parfois il y a un petit accroc, peut-être un peu d'envie, de jalousie, d'incompréhension, rien de plus, des bagatelles. Et du jour au lendemain, elle est là et elle empoisonne tout.

Il but la dernière gorgée froide de son expresso.

– La méfiance.

Une femme commença à passer l'aspirateur dans la salle.

– Il y a peu de temps, j'aurais été incapable d'imaginer qu'une personne du groupe avec lequel je suis assis ici chaque jeudi aurait pu me prendre ce tableau. Et maintenant ? Je soupçonne tout le monde.

La table vide donnait l'impression qu'avec la confiance avaient aussi disparu tous ceux en qui il l'avait placée.

– Tous.

Il hésita, puis ajouta d'un air triste :

– Même Lorena.

Peut-être gêné de s'être autant dévoilé devant quelqu'un qu'il connaissait depuis peu de temps, il se leva.

– Nous y allons ?

Allmen le suivit.

Dans la rue, tout était comme d'habitude.

7

Allmen se crut revenu dans ses alpages.

La veille, en prenant congé, Weynfeldt l'avait invité pour le déjeuner du lendemain.

– Dans un lieu étrange, lui avait-il dit. Je passe vous prendre à 11 h 30.

– Ne vous donnez pas ce mal, avait protesté Allmen, c'est moi qui viens vous chercher.

– Non, avait tranché Weynfeldt. Demain, c'est mon jour.

Allmen – qui, la veille, avait encore fait un saut à *La Rivière* et n'avait pas passé la nuit chez lui – l'attendait dix minutes avant l'heure devant le portillon du jardin.

Weynfeldt arriva dans une limousine Audi conduite par un chauffeur en costume sombre qui ouvrit la portière à Allmen.

– Voici M. Yilmaz, c'est lui qui nous pilote aujourd'hui.

Les rues ne tardèrent pas à devenir plus étroites et plus sinueuses, jusqu'à ce qu'ils arrivent devant une petite maison paysanne dont la façade était ornée d'une réclame pour la bière et de l'inscription *Bergfrieden*, « la Paix de la montagne ». Devant, quelques longues tables et de grands bancs en plein air.

De là, le regard embrassait la vallée, le lac et la chaîne blanche des Alpes.

– Bienvenue dans mon enfance, dit Adrian Weynfeldt quand ils s'assirent l'un à côté de l'autre face au panorama.

Il désigna un manège pourvu d'une balustrade rouge, un engin que les enfants pouvaient faire tourner à l'aide d'une roue installée en son centre.

– Je crois que c'est le même que celui sur lequel je tournais à m'en donner le vertige. Les dimanches de beau temps, nous venions souvent ici avec mes parents.

Une femme corpulente, d'un certain âge, traversa la terrasse vide et vint à leur table. Elle salua très cordialement Weynfeldt.

– Je connais M. Weynfeldt depuis qu'il était le petit Adrianou, confia-t-elle à Allmen. Et il continue à revenir de temps en temps, cette âme fidèle.

Weynfeldt commanda ce que ses parents avaient toujours commandé : en entrée, une assiette de lard fumé dans laquelle chacun pouvait picorer. Puis de la saucisse de veau grillée pour les adultes, et du cervelas pour les enfants. Et de la salade, bien entendu. « Pas de repas sans salade », c'était la devise de sa mère.

Pour boire, on lui servit un moitié-moitié. C'est ainsi qu'ils appelaient un Sinalco aux fruits coupé à l'eau minérale. Et pour le dessert, bien entendu, des meringues à la double crème.

Allmen apprécia tout cela. Cela faisait des années qu'il n'avait plus déjeuné ici, cela lui aurait trop rappelé sa propre jeunesse. Pour lui, cela avait été le quotidien. Pas du folklore.

Quelques promeneurs d'un certain âge arrivèrent peu à peu au *Bergfrieden*, mais personne ne s'assit à leur table. À la fin du repas, Adrian Weynfeldt dit enfin ce qu'il avait sur le cœur :

– Après vous en avoir déjà dit hier plus que je ne l'aurais voulu, j'ai décidé d'en dire encore plus. Je peux ?

– Je vous en prie.

– Je n'ai pas beaucoup dormi la nuit dernière, mais j'ai beaucoup réfléchi. Je vous ai raconté comment la méfiance s'est infiltrée dans ma vie. Je sais maintenant comment je vais m'en débarrasser.

Allmen hocha la tête pour l'encourager.

– En la laissant faire ! J'ai tenté de la refouler en n'en parlant à personne. Mais on ne peut pas la chasser comme ça. Elle reste quelque part là-haut, dit-il en désignant dans le ciel, derrière lui, quelques moutons nuageux inoffensifs, et elle guette comme un dragon. J'ai donc décidé de la laisser agir. Dans l'espoir que nous découvrirons ainsi qui a volé les *Baigneuses*. Je veux de nouveau pouvoir faire confiance.

– C'est un plan remarquable, confirma Allmen.

Et c'était aussi l'opinion du fondateur et associé d'Allmen International Investigations.

– Merci. Partons donc de l'idée que la mort de Karin était un accident. Dans ce cas, nous n'avons pas affaire à un assassinat mais uniquement à un vol. Et Karin peut être suspecte aussi. Elle est venue à la réception avec un très grand sac et elle est partie de bonne heure sans dire au revoir. Le professionnel que vous êtes me demandera naturellement son mobile.

Allmen n'en aurait pas eu l'idée, mais il hocha vivement la tête.

– Karin, et Luc avec elle, auraient continué à s'en sortir financièrement grâce à leur chevalier blanc. Vous savez de qui je parle. Mais il lui arrivait de dire qu'elle en avait plus qu'assez. De Luc, et de sa librairie d'art. Elle a aussi parlé une fois de tout recommencer de zéro. Quelque part en Asie du Sud-Est. Mais il lui aurait fallu beaucoup d'argent pour cela. Et elle ne pouvait pas en espérer autant de moi. J'aurais bien entendu compensé les pertes de la boutique, mais pas plus. Pour rassembler un capital de départ, il lui aurait fallu un nouveau sponsor. C'est peut-être de cela qu'elle voulait discuter avec vous de manière tellement confidentielle.

– Pour me demander de l'argent en vue de son nouveau départ ?

Allmen sortit son bloc-notes et écrivit.

– Luc aussi, bien entendu, a un mobile. Il ne peut pas exister sans Karin, qui ne peut pas exister sans moi. Il ne peut donc pas la quitter. Sauf si lui aussi avait de l'argent pour un nouveau départ.

Weynfeldt fit signe à la serveuse et commanda deux bouteilles de bière. Sans verres, comme le faisaient ses parents jadis.

– Le prochain, je vous prie : Rolf Strasser.

Quand Weynfeldt ouvrit le bouchon mécanique à l'ancienne, la bouteille siffla. Il prit une gorgée.

– Son argument qu'il pourrait lui-même faire un faux Picasso ne tient pas tout à fait. Un tableau qui a été dans tant de ventes aux enchères et a subi un aussi grand nombre d'analyses est couvert de tampons, de timbres et de sceaux. Les reproduire tous est beaucoup plus compliqué que de copier le tableau. Mais je crois que, malgré tout, votre équipe ne doit pas mettre Rolf Strasser tout en haut de la liste.

Il laissa à Allmen le temps de prendre des notes.

– Venons-en à Claudio Hausmann. J'ai certes dit qu'il ne pourrait pas financer son film avec de l'argent d'origine obscure. Mais si je veux être méfiant, je peux aussi dire que sa femme Kando, qui l'adule – comme vous l'avez certainement remarqué –, est juriste dans une grande banque. Elle n'aurait aucun mal à dissiper les doutes portant sur l'origine de grosses sommes. Elle aussi a sa place sur la liste.

Deux couples avec trois enfants arrivèrent sur la terrasse. Les rejetons prirent le manège d'assaut tandis que les adultes se demandaient s'ils allaient s'asseoir à la table des deux messieurs. Après les avoir toisés un bref instant, ils préférèrent la table d'à côté.

– Et Kaspar ? Il a tout de même surpris Remo Kalt dans mon bureau, où il n'avait rien à faire. Et lui-même ? Lui non plus n'avait rien à y faire. Mais dans son cas, aucun mobile ne me vient à l'esprit. C'est le seul pour lequel ça n'ait aucun sens. Il faut dire qu'il fait souvent des choses que je n'arrive pas à m'expliquer. C'est le plus impénétrable de mes amis. Mettez-le sur la liste, tout en bas. Comme Alice. Dans l'espoir que vous aurez du succès avec d'autres suspects et que vous n'aurez pas à… comment dit-on si joliment chez vous ?… à investiguer à propos de ces deux-là. Mereth Widler va dans le même tiroir. À mes yeux, elle n'est pas suspecte. Mais c'est une commère. Les commères sont une bonne source d'information, non ?

Allmen quitta ses notes des yeux et confirma, comme s'il puisait dans sa longue et riche expérience.

Il y avait beaucoup de bruit à présent du côté du manège.

– Kira ! Esmé ! Kosmo ! Joris ! cria l'une des mères depuis la table voisine. S'il vous plaît !

Les cris se firent un peu plus discrets.

– Reste Remo Kalt. Tel que vous m'avez décrit ses bureaux, il est au bord de la ruine. Et dans son cas, cela signifierait qu'il a vraiment besoin de beaucoup d'argent. C'est un mobile puissant. Et il y a sa démence intermittente… Ce n'est peut-être pas simulé, il a peut-être eu une crise. Mais tant que ce n'est pas confirmé, il reste pour moi en haut de la liste.

Ils se remirent à boire leur bière à la bouteille. Ni l'un ni l'autre ne faisait ça souvent.

– Reste un suspect que vous ne connaissez pas et dont je ne vous ai pas encore parlé.

Weynfeldt parla de sa rencontre nocturne avec Tobi, le petit-neveu de Mme Hauser.

– Et vous ne l'aviez encore jamais vu ? demanda Allmen étonné.

– Je ne connaissais même pas son existence. Je ne sais pratiquement rien de la vie privée de Mme Hauser.

– Vous pouvez l'interroger au sujet de ce jeune homme ?

– En aucun cas, protesta Weynfeldt.

– Même pas lui demander son adresse ?

– Non. Il faut que vous en chargiez votre équipe.

– Aucun problème.

– Il y aurait encore Guadalupe, la domestique. La *security* la connaît, elle a libre accès au bâtiment. Elle ne dispose certes pas d'une clé, c'est Mme Hauser qui la fait entrer, mais elle peut sortir quand elle veut. Et il ne lui serait pas difficile de cacher un petit tableau comme celui-là jusqu'à la fin de sa journée de travail.

– Pour tout vous dire, elle ne m'a pas donné l'impression d'être une experte en art, objecta Allmen.

– Mais le tableau est signé Picasso. N'importe quel gamin sait que cela représente beaucoup d'argent. Votre équipe devrait aller fouiner un peu dans sa vie privée.

Le volume sonore ne cessait de croître. Weynfeldt tétait, songeur, sa bouteille de bière.

Allmen attendit, le stylo à la main. Comme un secrétaire particulier, se dit-il tout à coup. Il posa son stylo et reprit sa bière.

– Et la dernière suspecte, finit par dire Weynfeldt, c'est Lorena.

Il était visible que ça lui était pénible de le dire.

Il attendit la réaction d'Allmen et, constatant que celui-ci prenait l'information avec une indifférence toute professionnelle, il lui parla de l'appel manqué d'un certain Diego. Et du fait que, contrairement à son habitude, Lorena n'avait fait aucun commentaire à son sujet.

– Elle a fait comme si c'était un secret. Pourtant d'habitude elle parle très franchement de ses liaisons, qui sont le plus souvent anecdotiques.

Et il ajouta, un peu étonné lui-même de ce constat :

– Ce n'est pas pour me blesser, je crois. Au contraire. C'est pour me faire comprendre que ça n'a pas vraiment d'importance.

– Vous pourriez le décrire ? demanda Allmen.

– Je n'ai vu sa photo qu'un instant. Cheveux noirs, brillantine, rouflaquettes.

– Nous allons nous occuper de lui.

Weynfeldt paya, laissa la patronne le serrer dans ses bras, puis ils rejoignirent M. Yilmaz et sa limousine.

Si Allmen ne trouva aucune excuse pour faire le détour par chez Weynfeldt, il en trouva en revanche une pour ne pas le faire entrer chez lui, même cinq minutes. Il ouvrit son bloc-notes et récapitula la liste des personnes et des éléments justifiant ses soupçons. Quand ils s'arrêtèrent devant la villa Schwarzacker, il dit d'une voix déterminée :

– Je vais aller tout de suite briefer mon équipe. Il faut qu'ils commencent l'enquête aujourd'hui même.

Puis il le salua et descendit brusquement.

Il était à peine sorti du véhicule que Weynfeldt sentit quelque chose sur le siège voisin : c'était le bloc-notes d'Allmen, qu'il venait d'oublier.

– Attendez un moment, demanda-t-il au chauffeur.

Et il franchit le portillon du jardin à la suite d'Allmen avant que le système automatique ait pu se refermer. Il se faufila à l'intérieur et suivit le chemin menant à la villa.

Il aperçut Allmen un peu plus loin et voulut l'appeler mais, au même instant, celui-ci disparut derrière le coin de la maison.

Il le suivit et le vit se diriger vers une petite dépendance devant laquelle on avait construit une serre. Il s'arrêta un bref instant et quelqu'un lui ouvrit. Un homme habillé comme un jardinier.

Weynfeldt fit quelques pas supplémentaires. La serre ne paraissait pas remplir cette fonction. De hautes étagères se dressaient le long des vitres, et le lieu était confortablement meublé.

C'est alors qu'il vit Allmen s'asseoir au clavier d'un demi-queue. Les notes d'un Nocturne de Chopin lui parvinrent à travers les minces vitres.

Weynfeldt tourna discrètement les talons et retourna à sa voiture.

8

Tobias Hauser fut facile à trouver, son adresse était dans l'annuaire. María l'appela, lui dit que M. von Allmen, d'Allmen International Investigations, souhaitait lui parler à la demande de M. Weynfeldt, et lui proposa un rendez-vous au *Viennois*.

Un rendez-vous auquel Tobias Hauser ne se présenta pas. Peu avant l'heure convenue, Allmen reçut un appel de Weynfeldt qui lui annonça que Tobias ne viendrait pas. Il lui expliqua aussi pourquoi. Ce matin-là, Mme Hauser l'avait attendu à la table du petit-déjeuner. C'était très inhabituel. En général, elle le servait discrètement et restait en retrait. Mais cette fois, elle se tenait à table, les bras croisés devant une tasse de café, et l'attendait avec un regard furibond.

– Pourquoi vous mêlez-vous de ma vie privée ? avait-elle craché alors qu'il était à peine assis.

– Je vous demande pardon ?

– Qu'est-ce que cet Allmen veut à mon petit-neveu ? Et en votre nom !

– Ah. Je suppose qu'il veut lui parler au sujet du tableau disparu.

– Tobi n'a rien à voir avec cette histoire.

– Par principe, tous ceux qui entrent et sortent de chez moi sont suspects.

Et il ajouta, avec une méchanceté qui n'était pas dans ses habitudes :

– Surtout quand ils le font en secret.

– Tobi ne le fait pas en secret ! Quand il est là, je le sais toujours.

– Moi pas.

– Vous n'avez pas besoin de tout savoir non plus ! cria-t-elle.

Weynfeldt la désarma en une phrase :

– Vous avez raison.

Mme Hauser se calma aussitôt. Elle prit une gorgée de café et expliqua :

– Tobi est un bon garçon. Il n'a pas eu une enfance facile. Mais il a joué des coudes et s'est frayé un chemin.

– Avec votre aide, telle que je vous connais.

– Oui, si vous voulez le savoir. Il a suivi une formation d'informaticien spécialisé et en est sorti premier !

– Félicitations.

– Il me rend parfois visite ici. Et quand il est tard, il peut arriver qu'il y passe la nuit. J'aurais peut-être dû vous le dire.

– Peut-être.

Ils restèrent un moment silencieux.

– Il m'a appelée pour me demander ce que vous lui vouliez. Une femme avec un accent l'avait appelé en votre nom pour lui proposer un rendez-vous.

Elle marqua une pause.

– Je lui ai dit de ne pas y aller, que je réglerais ça.

– Comment ?

– En mettant ma tête à couper pour lui.

Weynfeldt réfléchit.

– Et Guadalupe ?

– Elle ? Vous pouvez la soupçonner autant que vous voulez. Elle n'est plus chez nous, de toute façon.

– Tiens ? Elle ne m'avait pourtant pas fait mauvaise impression.

– À moi non plus, répondit Mme Hauser, mais elle a apparemment trouvé un bonhomme avec de l'argent.

– Mais dans ce cas, pourquoi…

– C'est elle qui est partie.

C'est ainsi que le nom de Tobi Hauser descendit tout en bas de la liste des suspects tandis que celui de Guadalupe Lopez montait.

9

La porte de Kalt & Kalt était ouverte. Allmen frappa et une voix de femme cria :

– Oui ?

Il entra. Le bureau lui parut encore plus chaotique que lors de sa dernière visite. Une femme et un homme d'âge moyen se tenaient, un peu perdus, entre les cartons.

– Qui cherchez-vous ? demanda la femme.

– M. Kalt. Je m'appelle Allmen, je suis un ami d'Adrian Weynfeldt.

– Il n'est pas là, comme vous le voyez.

Elle leva les deux bras, un peu désespérée.

– Je vois.

Puis il posa la question qu'ils attendaient manifestement tous les deux. Ça sonnait plutôt comme un constat.

– Il ne vient pas ?

Il s'était abstenu de dire « plus ».

– Mon père est hospitalisé.

Comme Allmen ne répondit rien, elle ajouta rapidement

– Provisoirement. Nous cherchons une autre solution. Il a eu une sévère crise de démence, ce n'était plus possible.

– Tiens, s'étonna Allmen, je lui ai rendu visite ici récemment, il semblait aller bien.

– Il a depuis un certain temps des moments de confusion mentale aiguë, mais ça s'arrangeait toujours. Cette fois, c'était violent. Il m'a appelée Gertrud, le prénom de ma mère. Et il n'a pas reconnu mon mari.

Celui-ci prit la parole.

– Vous vouliez le voir ? Nous pouvons vous aider ?

– Non, merci. C'est réglé. Saluez-le de ma part. Et de celle de M. Weynfeldt.

10

À la place de Schweilmann, il aurait choisi une plaque de porte plus discrète. Mais pour Allmen, tout en Schweilmann était de toute façon absurde. Son bureau était aussi dépourvu de style que l'homme lui-même. Il portait un costume gris clair dont Allmen était certain qu'il contenait au moins 80 % d'acrylique. Le quotidien du détective privé exigeait peut-être un costume infroissable, mais il doutait que la chemise soit si facile d'entretien.

Peut-être le manque chronique de style dont souffrait M. Schweilmann avait-il des origines financières. Carlos l'avait qualifié de *muy caro*, mais Allmen avait du mal à penser cela d'une rémunération horaire de 200 francs. Carlos avait une petite tendance à la pingrerie.

Allmen International Investigations lui avait sous-traité « l'identification de Diego », impossible à traiter en interne puisqu'il fallait prendre Lorena en filature. Et puis ça leur aurait demandé beaucoup trop de temps, María en était persuadée. Dès le début, elle avait été partisane d'une rémunération au forfait, plus rapide et plus avantageuse. Mais on n'avait guère d'espoir d'être soutenue par Allmen quand on prônait des mesures économiquement viables.

Assis dans un siège de bureau inconfortable à côté du détective, celui-ci tentait pour l'heure de ne pas sentir son eau de toilette en regardant la présentation PowerPoint sur les recherches de Schweilmann.

Le document était intitulé *Affaire Diego*. La photo montrait un homme d'une quarantaine d'années aux cheveux noirs ramenés en arrière, qui descendait d'une voiture.

– Vous voyez ici la personne cible et sa Volvo. La photo a été prise dans le cadre de l'observation de l'appartement de Mme L.

Une nouvelle photo apparut sur l'écran. Elle montrait Lorena sortant d'une entrée d'immeuble. On aurait presque dit une photographie de mode.

– Il a fallu du temps avant que la personne cible se montre sur le lieu de surveillance. Elle ne semble pas entretenir un contact très fréquent avec Mme L. C'est la raison pour laquelle nous avons dû consacrer à cette mission un nombre d'heures supérieur à celui qui était budgété.

L'image suivante montrait le break Volvo de derrière. La voiture n'était pas toute jeune, et on voyait distinctement le numéro d'immatriculation.

– Après ce coup dans le mille, il a été facile d'identifier la personne cible. Il s'agit de Diego Tomamichel, de Bosco/Gurin, dans le Tessin. Environ un tiers des habitants y portent ce nom. M. Tomamichel est arrivé en Suisse allemande à l'âge de 11 ans, il y a fréquenté l'école normale et exerce la profession d'enseignant en collège. Il est marié et père de quatre enfants. Et, si je peux me permettre cette remarque, fit-il en ricanant, il n'est pas très à cheval sur la question de la fidélité conjugale. Mais pour le reste, sa réputation est impeccable. Pas d'antécédents judiciaires, pas de poursuites, même pas de contraventions enregistrées.

Voilà pour notre baron de la drogue sud-américain, se dit Allmen en quittant, un peu dépité, le bureau de détectives Schweilmann.

11

Allmen s'était rendu à l'adresse de Luc Neri et ne l'y avait pas trouvé.

– Il lui arrive de ne pas rentrer pendant des jours, lui avait dit la vieille voisine d'en face sans qu'il lui ait rien demandé. Dans ces cas-là, il est chez sa petite amie.

Elle ne savait manifestement rien du décès de Karin Winter.

Il se trouvait à présent devant la porte de l'immeuble, et sonnait en face de l'étiquette *W & N*.

Quand il sonna une deuxième fois, un jeune homme sortit, quitta brièvement son portable des yeux, mais ne répondit pas à son bonjour. Allmen attrapa la porte avant qu'elle se referme et prit l'ascenseur jusqu'au troisième étage.

Devant la porte de l'appartement entrouvert de Karin Winter se trouvaient des seaux de peinture, des rouleaux de papier, une échelle double et des outils de peintre. Allmen poussa la porte. Il flottait une forte odeur de peinture. Deux peintres assis par terre et adossés au mur mangeaient un petit casse-croûte. L'appartement était vide.

– M. Neri n'est pas là, par hasard ? demanda Allmen.

– Il n'y a que nous ici, répondit le plus âgé des deux hommes. Juste les peintres.

M. Arnold conduisit Allmen à la librairie d'art. Le panonceau *Yes, we're open* était recouvert par un autre indiquant *Fermé pour cause de décès.*

Un peu plus loin, de l'autre côté de la rue, se trouvait une boulangerie. Allmen y entra. Une vendeuse téléphonait derrière le comptoir en verre.

– Il faut que je te laisse, j'ai des clients, dit-elle.

Elle raccrocha et se leva.

Allmen se fit emballer deux croissants et s'enquit de Luc Neri.

– M. Neri ? demanda la vendeuse. Je ne l'ai plus vu depuis le jour où Karin a eu son accident.

– Vous l'avez vu ce jour-là ?

– De très bonne heure, un peu après avoir ouvert. Ils sont venus chercher leurs croissants à 6 heures.

– Les deux, vous voulez dire ? M. Neri et Mme Winter ?

– Oui. Ça n'arrivait pas souvent. Surtout aussi tôt le matin.

Une cliente entra dans la boutique, acheta du pain et ressortit.

La vendeuse reprit comme s'ils n'avaient pas été interrompus :

– Elle est restée. Lui est ressorti peu après. Je suppose qu'ils s'étaient de nouveau disputés.

– Vous l'avez dit à la police ?

– Ils ne m'ont pas posé la question.

12

Allmen mit quelques secondes à le reconnaître. Adrian Weynfeldt portait un... un jogging. Ses cheveux étaient en bataille, et il paraissait un peu hors d'haleine.

– Pardonnez-moi, je ne vous attendais pas si tôt. Je passe juste sous la douche et je suis à vous tout de suite. Installez-vous quelque part, Mme Hauser est allée faire des courses. Pardonnez-moi.

Allmen remonta le couloir d'un tableau à l'autre, comme dans un musée. Il s'arrêta devant une porte ouverte et regarda à l'intérieur. C'était une salle de sport. Pourvue de miroirs sur deux côtés, elle abritait un appareil de musculation, un banc à haltères, un tapis roulant, un vélo elliptique, un espalier et un tapis de course. On entendait la « Symphonie numéro 1 en ut mineur » de Brahms.

Quand il habitait encore la villa Schwarzacker, lui aussi possédait une salle de sport, mais il s'en servait rarement. Les appareils étaient analogues, mais ceux-ci étaient de véritables machines high-tech.

Il fut incapable de dire, plus tard, quelle mouche l'avait piqué, mais il monta sur le tapis de course, étudia l'écran électronique et approcha sans doute de trop près l'une des touches-capteurs ultrasensibles, car le tapis se mit en marche. Effrayé, il appuya de nouveau sur la touche, mais loin de s'arrêter l'appareil accéléra le tempo et Allmen dut se mettre à courir. Il appuya encore une fois et le ruban tourna encore plus vite.

Dans la panique, il appuya indistinctement sur toutes les touches, et l'une d'entre elles arrêta enfin le tapis de course.

Allmen en descendit avec soulagement. C'est alors seulement qu'il constata que l'un des deux murs en miroir s'était ouvert en deux.

Il sursauta. Dedans était accroché le tableau de la femme nue agenouillée devant le feu de cheminée que Carlos lui avait montré dans un article de journal.

Il revint à grands pas au tapis de course et appuya au hasard sur les touches. Les deux moitiés de miroir se mirent enfin en mouvement et se rejoignirent sans bruit.

Quand Allmen quitta la salle de sport, il vit Weynfeldt qui avançait dans sa direction. Il avait les cheveux mouillés et semblait s'être habillé plus rapidement qu'à son habitude. Il conduisit Allmen dans son bureau et remplit deux verres d'eau minérale d'une bouteille sortie du réfrigérateur encastrable de sa bibliothèque.

Allmen lui raconta ce que lui avait dit la vendeuse de la boulangerie.

– Le moment de mettre la police dans l'affaire est arrivé, n'est-ce pas ? demanda Weynfeldt.

– Je le crains, oui.

– Nous sommes attendus, annonça-t-il en revenant dans la pièce quelques minutes plus tard. J'ai appelé le patron de la police criminelle. Son père était le chef comptable du mien et nous sommes restés en contact. Disons que nous nous envoyons encore des cartes pour le Nouvel An. Nous avons de la chance, il est presque à la retraite.

Le corpulent M. Kappliger les attendait dans un grand bureau dont les murs étaient tapissés de fanions des commissariats de police du monde entier. Il vint à leur rencontre, les salua et les dirigea vers un groupe de sièges un peu usés. Il s'assit face à eux, jambes écartées, et les écouta attentivement. Il posait parfois des questions et prenait des notes. On voyait que son affabilité pouvait facilement laisser place à quelque chose à quoi il valait mieux ne pas être confronté.

– Inutile de vous dire que nous aurions dû être informés de tout cela depuis le début, dit-il à la fin de leur récit.

Il balaya la réponse d'un revers de main avant même qu'elle ne soit formulée, et commenta :

– Mais passons.

– Et maintenant ? demanda un peu gauchement Allmen.

– Maintenant, nous reprenons l'affaire et nous vous demandons de rester en retrait.

Il leur dit au revoir avec un sourire agréable, comme après une bonne soirée au bowling.

13

Dès le surlendemain, ils furent convoqués au commissariat central. Ils se présentèrent à l'accueil et un jeune policier les conduisit dans le bureau de M. Kappliger.

Cette fois, il n'était pas seul. Deux messieurs étaient auprès de lui, qu'il présenta par leur grade et leur fonction. C'étaient les inspecteurs chargés de l'affaire.

– M. Neri a reconnu qu'il avait poussé Mme Winter au cours d'une dispute, leur dit le plus vieux.

– Il a avoué au bout de quarante minutes, précisa Kappliger. Puis il s'est effondré. Depuis, il est aux urgences psychiatriques

L'inspecteur reprit :

– Nous ne pouvons pas entrer dans les détails, la procédure est en cours. Mais si vous avez des questions…

De fait, Weynfeldt en avait une :

– Pourquoi n'a-t-il pas appelé les urgences ? Ou la police ?

– La panique.

– Et plus tard ?

– Plus tard, il a cru que ça passerait pour un accident.

– Et ça a bien failli, grommela Kappliger.

Allmen avait lui aussi une question :

– Et le tableau ? Il a dit quelque chose à ce sujet ?

– Oui. Qu'il n'avait rien à voir avec ça. Nous allons naturellement creuser la question dès que les médecins nous laisseront le voir.

– Une remarque encore à ce sujet, fit Kappliger en s'adressant à Adrian Weynfeldt : Si j'ai bien compris, ce Picasso est une copie ?

– Certains experts le pensent.

– Mais d'autres ne le pensent pas ?

Weynfeldt hocha la tête.

– Moi, par exemple.

– Je demande ça à propos de sa valeur. Est-ce que nous cherchons quelque chose qui… plus d'un million… ?

– Certainement.

– Nous cherchons donc quelque chose qui vaut bien plus d'un million, ou bien plutôt… combien puis-je… ?

– Pratiquement rien, admit Weynfeldt.

– Merci, c'est ce que je voulais entendre. Nous cherchons, évidemment, mais nous ne montons pas de traque à grande échelle.

En sortant, Weynfeldt murmura à Allmen :
– Mais nous, si.

14

On ne voyait pas souvent María assise à côté d'Allmen sur la banquette arrière de la Cadillac. Ils se rendaient chez Guadalupe, dont María avait l'adresse.

Après une trentaine de minutes, M. Arnold s'arrêta devant un petit immeuble récent. Il était construit en surplomb du lac, pas juste devant, mais disposé de telle sorte qu'on pouvait voir un peu d'eau.

María avait annoncé leur visite. Il lui avait fallu un peu de persuasion, mais elle maîtrisait bien cette technique et elle avait obtenu rapidement ce qu'elle voulait.

Elle activa la sonnette située face au nom que Guadalupe lui avait indiqué : *Flores.*

– *Cuarto piso,* dit une voix de femme dans l'interphone.

Quand ils arrivèrent au quatrième étage, ils virent que la porte d'un appartement était ouverte. La jeune femme qui les attendait avait les cheveux du même noir bleuté que María, et la même taille. Elle les salua, un peu guindée, et leur demanda d'entrer.

L'appartement était surchargé de mobilier douteux sur le plan esthétique, mais assurément coûteux ; aux murs étaient accrochés, dans des cadres luxuriants, des paysages, des curiosités péruviennes et des objets de l'art populaire du pays.

Guadalupe les conduisit dans la salle à manger et leur demanda de prendre place sur une banquette molletonnée. La météo leur aurait permis de s'asseoir sur la terrasse avec vue sur le lac, mais Guadalupe ne voulait pas que les voisins écoutent depuis le balcon voisin.

Guadalupe leur proposa du café et passa à la cuisine. María la suivit du regard et fit comprendre, par pantomime, que la jeune femme était enceinte. Puis elle eut une grimace admirative et secoua sa main droite comme pour dire : beau boulot !

Guadalupe revint avec le café et quelques confiseries, et s'installa auprès de ses deux invités.

– Au cas où il s'agirait toujours du tableau : je ne l'ai pas. À moins que je donne l'impression d'avoir besoin de voler des tableaux ?

Ça ne fait jamais de mal, se dit Allmen. Mais il répondit :

– Nous ne le pensons évidemment pas. Nous aimerions juste savoir si vous avez remarqué quelque chose de particulier le soir de la réception.

Guadalupe secoua la tête en souriant.

– Vous savez, je suis arrivée dans votre pays à 18 ans et depuis je travaille comme auxiliaire d'entretien chez des gens haut placés. J'ai vu beaucoup de fiestas de ce genre, il n'y a jamais rien de spécial. Tout le monde se salue joyeusement, on papote un peu en buvant un ou deux petits verres, ensuite on pille le buffet, on boit de plus en plus de petits verres, on est de plus en plus bruyants, puis les premiers s'en vont et les autres les suivent. Alors le silence se fait, on se retrouve dans les ruines et il faut encore passer des heures à tout ranger. Ça s'est aussi déroulé comme ça, ce soir-là.

María avait hoché la tête pendant cette description un peu rageuse : elle savait parfaitement de quoi parlait Guadalupe.

– Et maintenant, regardez-moi : j'ai 32 ans, je vis dans un bel appartement, j'ai un homme que je chéris, je vais être mère et bientôt me marier. Et si nous faisons une fête, ce n'est plus moi qui rangerai après. Vous croyez que j'irais faire quoi que ce soit qui puisse mettre tout ça en danger ?

– Nous vous croyons volontiers. Nous voulions juste vous poser encore quelques questions.

– Je vous en prie.

– Vous êtes toujours certaine que le tableau a disparu après la fête ?

Elle hésita.

– Non, finit-elle par dire.

– Non ?

La voix d'Allmen trahit sa surprise.

– Je peux vous le dire, maintenant : je ne suis pas allée dans cette chambre pendant des jours. Mais je ne voulais pas que la Hauser le sache.

– Je comprends, dit-il en prenant note. Donc vous êtes certaine que rien ne vous a frappée ? Dans vos fonctions, on doit avoir l'œil sur tout. C'est important, M. Weynfeldt tient beaucoup à ce tableau.

Guadalupe se détendit.

– Je suis désolée, il est gentil, je l'aurais volontiers aidé. Lui, mais pas elle, son dragon domestique venimeux ! Mais non, rien de spécial.

Allmen se leva, María aussi. Guadalupe les raccompagna.

– Enfin il y a peut-être quand même un petit quelque chose. La vieille dame. Elle est partie de bonne heure. J'ai vu que son sac était très lourd, et j'ai voulu l'aider. Elle m'a crié : « Bas les pattes ! Je suis peut-être vieille, mais pas à ce point-là. »

– C'était un grand sac ? demanda María.

– Eh bien, pour une si petite femme, oui.

15

María se refaisait les ongles. Penchée sur sa main gauche, elle y appliquait le vernis avec la droite.

– Gustavo Flores est péruvien, dit Carlos, assis devant l'ordinateur. Et ça fait plus de trente ans qu'il est ici.

– Quel âge ? demanda María sans lever les yeux.

– Près de 60 ans.

– Ah, elle aussi est allée pêcher un vieux.

– Qu'est-ce que tu veux dire par « elle aussi » ?

María le regarda un bref instant et se mit à rire.

– Il a commencé par des spécialités sud-américaines, et maintenant il possède toute une chaîne. Comeladina.

– Quoi ? Comeladina est à lui ? Là où nous faisons nos courses ?

– Manifestement.

– *Madre mía*, alors il a vraiment fait son trou !

María remit le petit pinceau dans son flacon et glissa sa main fraîchement vernie sous la lampe à UV.

– Tu crois que c'est la vieille ? demanda Carlos.

– Allmen en est presque certain.

– Et toi ?

– Moi pas. Qu'est-ce qu'elle ferait, à son âge, d'un Picasso volé ?

– Et le sac ?

– Toutes les bonnes femmes ont de gros sacs. Elles promènent la moitié de leur maison dedans.

Carlos haussa les épaules.

– Je ne sais pas… Qui d'autre ça pourrait être ?

– Peut-être ce Luc. Il continue à le nier. On va voir s'il s'obstine. Mais pourquoi est-ce qu'il nierait une chose pour avouer l'autre ?

Carlos soupira.

– Tu as imposé dans le contrat la clause selon laquelle les honoraires sont dus *que le tableau soit authentique ou non*. Mais pas *que le tableau soit retrouvé ou non*.

Elle hocha la tête et répondit d'une voix courroucée :

– C'est bien pour ça que nous devons le trouver.

– C'est peut-être quelqu'un auquel nous n'avons encore jamais pensé, dit finalement María. Quelqu'un qui ne gravitait pas autour de Weynfeldt. Quelqu'un qui pouvait entrer et sortir.

– Comment ça ?

– Laisse-moi réfléchir.

– En manipulant le système de surveillance ! reprit-elle après un moment.

– Mais dans ce cas, pourquoi le soir de la réception ? Et pas simplement pour la journée où il a volé le tableau ?

– Pour orienter les soupçons vers d'autres ! Vers le plus de personnes possible !

Carlos était fier de María. Et peut-être aussi un peu jaloux.

– Alors, qui ?

– Peut-être malgré tout le petit-neveu, le spécialiste.

– Mais il n'a pas eu accès à l'installation.

Cette fois, María sourit et se mit à la partie la plus difficile de son travail pour une droitière : vernir les ongles de sa main droite.

– *Dime, mi amor*, dit-elle, toute souriante. Où peut-il bien être aujourd'hui, le *señor* Schwartz ?

Carlos haussa les épaules.

– Ça te dérangerait que je l'entreprenne un peu ?

– Oui.

– Je vais le faire, alors.

16

Weynfeldt et Allmen attendaient Mereth dans un recoin du Goldenbar. C'est Mereth qui avait choisi le lieu.

– Je ne veux pas aller chaque fois à l'*Ancienne Teinturerie*, c'est tellement ennuyeux…

Ils durent l'attendre le temps d'une margarita et d'une olive. En dépit de la température estivale, elle portait une fourrure et lança, en passant devant une tablée de trois jeunes femmes qui la toisaient d'un air réprobateur :

– Il était déjà mort !

Les deux messieurs se levèrent et Weynfeldt l'aida à ôter son manteau. Elle portait une tenue dorée avec un décolleté osé pour son âge.

– Je me suis dit que ça irait bien avec le bar, dit-elle.

Mereth était toujours très maquillée, mais cette fois elle s'était surpassée. Son *make-up* ressemblait à celui d'un Paillasse : la peau presque blanche, les lèvres d'un rouge profond et les yeux soulignés de noir.

Weynfeldt lui tendit la main pour l'aider à prendre place.

Elle commanda sa « blue lady » habituelle à Weynfeldt, qui transmit son souhait.

Mereth Widler était plus remontée que d'habitude et ne laissait personne en placer une. Hors d'haleine, elle parla d'elle, de ses projets, de son amant déchu et des raisons pour lesquelles elle l'avait mis à la porte. Et elle les pria de ne pas croire qu'elle vivait désormais comme une nonne.

Weynfeldt souhaitait qu'Allmen l'interroge sur le contenu de son sac. Il fallut du temps pour que celui-ci trouve la faille dans laquelle il osa se faufiler.

– Alors c'est pour ça que vous vouliez me rencontrer ? cria-t-elle d'une voix stridente. Pour me coller un vol d'œuvre d'art sur le dos ? C'est misérable ! Vous croyez que j'ai besoin de ça ? Vous croyez vraiment que mon mari ne m'a rien laissé ? Eh bien si, il m'a laissé de quoi vivre très, très confortablement. Je pourrais payer le tableau, quel qu'il soit, avec la caisse des dépenses courantes ! Des dépenses courantes !

Elle avala son cocktail d'un trait.

– Vous voulez vraiment savoir ce qu'il y avait dans le sac ? Trois bouteilles de ton admirable Rémy Martin. Et pas parce que je ne pourrais pas me le payer. Pour une tout autre raison !

Comme aucun des deux hommes ne le lui demandait, elle chuchota bruyamment :

– Par discrétion, bon sang. Voilà pourquoi !

Mereth se leva et Weynfeldt s'occupa de l'addition. Allmen, quant à lui, soutint la vieille femme du bout des doigts en la menant vers M. Arnold, à qui il demanda de la reconduire chez elle.

Quand il revint, les trois femmes de la table d'à côté le regardèrent d'un air amusé.

Adrian Weynfeldt n'était pas parti payer l'addition mais commander deux cocktails supplémentaires.

– Bonne idée, le remercia Allmen, reconnaissant.

– Qu'est-ce que vous en pensez ? demanda Weynfeldt.

– Je n'en pense rien. Mais vous la connaissez mieux que moi.

Weynfeldt hocha la tête.

– Même si c'était elle, je n'aurais pas le cœur de lui demander de le rendre.

17

Le *Happy Dawn* était un club pour messieurs plus très jeunes. Mais aussi pour femmes encore plutôt jeunes.

Il avait fallu deux jours à María pour établir où logeait M. Schwartz et où il passait ses soirées. Le soir même, un peu avant 22 heures, elle prit congé de Carlos, qui commenta en termes très défavorables la robe profondément décolletée qui lui plaisait tant d'habitude. Quand elle la portait pour lui.

Le club se trouvait dans un pâté de maisons des années 1980. Il était sombre et plusieurs boules disco faisaient tournoyer leurs taches lumineuses. On jouait du disco *oldtime* du siècle passé. Au moment où elle entra, c'était « Night Fever » des Bee Gees. Sur une piste de danse à éclairage variable évoluaient quelques couples disparates et plus ou moins agiles.

Il y avait quelques tables, et trois comptoirs où les femmes étaient en surnombre.

Quand María les rejoignit, elles l'ignorèrent, méfiantes. Elle avait trouvé et étudié plusieurs photos de M. Schwartz. Il était facile à reconnaître : un homme corpulent, approchant la soixantaine, avec une couronne de cheveux gris bouclés et des lèvres à peine visibles.

Assis un peu à l'écart à l'un des comptoirs, il observait ce qui se passait devant un cocktail. Comme un voyeur, se dit María.

Elle inspira profondément, attrapa sa flûte de champagne et se dirigea vers lui.

Le *Happy Dawn* ne semblait pas être l'une de ces boîtes de nuit où ce sont les dames qui font les avances.

Aussi Schwartz fut-il particulièrement surpris quand María grimpa sur le tabouret voisin du sien et lui demanda :

– Vous venez souvent ici ?

Comme il ne répondait pas, elle ajouta :

– Moi, c'est la première fois. Vous pouvez peut-être me servir un peu de guide.

Une heure plus tard, ils étaient dans son petit pavillon de banlieue. Il alla chercher une bouteille de prosecco dans la cuisine et remplit deux verres comme s'il s'agissait d'un Vintage Roederer Crystal.

Ils trinquèrent et il lui parla des photos qui se trouvaient sur le buffet. Elles montraient ses trois enfants et son épouse, qu'il avait tous quittés quatre ans plus tôt. Les ponts étaient coupés.

Schwartz n'était pas un rentre-dedans. María dut se livrer à quelques manœuvres aguichantes avec vue en profondeur dans son décolleté et multiples croisements de jambes pour faire remonter sa jupe sur ses bas. Enfin, il passa à l'action.

Il se mit à la peloter un peu et María ferma les yeux, retint son souffle et le laissa l'embrasser.

– Stop ! ordonna-t-elle soudain, et il arrêta tout de suite.

– La douche d'abord.

– Ensemble ?

– Non, toi le premier.

Émoustillé, il disparut dans la salle de bains.

María prit son smartphone, posé sur la table à côté du prosecco tiède, et partit aussi vite qu'elle put.

Carlos, remonté à bloc par la haine que lui inspirait ce type dont María avait admis qu'il l'avait touchée, mais sans dire où, activa son réseau latino. Dès le lendemain, le code du smartphone était craqué.

Une recherche sur le mot « Picasso » conduisit aussitôt Carlos et María sur un échange de mails avec un certain « Panda ». Schwartz y parlait d'un succès, prenait rendez-vous avec Panda pour une rencontre et ne cessait ensuite de poser, en termes de moins en moins aimables, la question « du fric ».

C'est à Allmen que revint l'honneur de remettre cette preuve en mains propres au directeur de la police criminelle, M. Kappliger.

18

Allmen et Weynfeldt célébrèrent ce succès avec « Slow Dance », des margaritas et des cocktails aux olives.

Kappliger avait bien sûr fait son rapport comme si cette réussite était son mérite exclusif. Les autres avaient dû l'écouter, stoïques et muets.

Il leur avait expliqué que le chef de la sécurité savait à quelles dates Weynfeldt s'absentait pour sa semaine de golf en Écosse. Il avait donc manipulé l'installation de telle sorte qu'elle n'enregistre pas durant cette période. Une fois Weynfeldt parti, il lui avait suffi d'attendre que Mme Hauser et la femme de ménage ne soient pas là pour aller en toute tranquillité chercher le tableau dans l'appartement.

Il avait un complice connu des services de police et qui avait manifestement des relations avec de possibles acheteurs issus de milieux dans lesquels l'origine douteuse d'œuvres d'art précieuses ne représente pas un frein. Même si manifestement, la vente du tableau ne s'était pas déroulée aussi facilement qu'espéré puisqu'il se trouvait encore chez ce complice lors de la perquisition de la police. La toile pourrait donc bientôt être restituée à Adrian Weynfeldt.

Weynfeldt grignota son olive et sirota son Martini. C'était jour de fête, après tout.

Allmen recommanda la même chose. Ainsi que pour le groupe.

– Et si nous nous tutoyions ? lui demanda Weynfeldt après avoir de nouveau trinqué.

Ils trinquèrent donc une fois de plus.

– Adrian.

– Johann Friedrich. John, pour les amis.

La chanteuse entonna « The Man I Love ».

– Dites-moi. Il est authentique, alors ?

Weynfeldt se contenta d'un sourire et d'un haussement d'épaules.

– On n'est pas forcé de tout savoir, n'est-ce pas ? Y compris sur ses bons amis.

Ni de leur dire ce que l'on sait, pensa-t-il très fort.

Cet ouvrage
a été mis en pages par In Folio,
reproduit et achevé d'imprimer
en avril 2025
dans les ateliers de Normandie Roto Impressions s.a.s.
61250 Lonrai
N° d'imprimeur : 2501358

Imprimé en France

Dépôt légal : mai 2025